CW01333105

Los días perfectos

A*

Jacobo Bergareche
Los días perfectos

Libros del Asteroide

Primera edición, 2021
Novena reimpresión, 2024

Queda rigurosamente prohibida, sin la autorización
escrita de los titulares del *copyright*, bajo
las sanciones establecidas en las leyes, la reproducción
total o parcial de esta obra por cualquier medio
o procedimiento, incluidos la reprografía
y el tratamiento informático, y la distribución
de ejemplares mediante alquiler o préstamo públicos.

Copyright © Jacobo Bergareche, 2021

© de esta edición, Libros del Asteroide S.L.U.

Imagen de cubierta: © Giulia Rosa
Fotografía del autor: © Amir R. Korangy
Ilustraciones de las páginas 55-112: © Jacobo Bergareche

El contenido incluido en las páginas 30, 31, 44-46, 119, 120, 133, 134, 149, 150, 153, 157 y 158 se ha reproducido con la autorización de The Estate of William Faulkner y del Harry Ransom Center.

Publicado por Libros del Asteroide S.L.U.
Santaló, 11-13, 3.° 1.ª
08021 Barcelona
España
www.librosdelasteroide.com

ISBN: 978-84-17977-62-7
Depósito legal: B. 5664-2021
Impreso por Kadmos
Impreso en España - Printed in Spain
Diseño de colección: Enric Jardí
Diseño de cubierta: Duró

Este libro ha sido impreso con un papel ahuesado,
neutro y satinado de ochenta gramos, procedente de bosques
correctamente gestionados y con celulosa 100 % libre de cloro, y ha sido
compaginado con la tipografía Sabon en cuerpo 11.

Esta obra ha recibido una ayuda a la edición del Ministerio de Cultura y Deporte

MINISTERIO
DE CULTURA
Y DEPORTE

DIRECCIÓN GENERAL DEL LIBRO
Y FOMENTO DE LA LECTURA

*Para Sergio, Mundo, la Vieja, Shaun
y todos los amigos de Austin.*

*Con agradecimiento a la gente del
Harry Ransom Center.*

He reinado ya más de cincuenta años en la victoria o en la paz, amado por mis súbditos, temido por mis enemigos y respetado por mis aliados. Riquezas y honores, poder y placer, estaban a mi disposición, ninguna bendición terrenal parecía estar fuera del alcance de mis deseos. En este predicamento, conté diligentemente los días de pura y genuina felicidad que me tocaron: ascienden a catorce.

Abderramán III

Luis a Camila

Austin
Junio 2019

Querida Camila:

Me doy cuenta ahora de que durante el último año los momentos de felicidad más recurrentes y reales de mi vida han sido lo que Carmen, mi hija pequeña, llama *guerra*. Es un breve ritual de pelea simulada que Carmen me exige muchas noches, antes de ir a la cama. Ella me mira con furia y me lanza sus piernas y brazos con movimientos amenazantes inspirados en algún arte marcial que ha debido de ver en el patio del colegio, yo debo cazar alguno de sus miembros al vuelo, inmovilizarla, hacerla girar sobre mis brazos en una voltereta y arrojarla al colchón de la cama, después ella intenta levantarse y yo debo impedírselo con cierta violencia, empujando su frente hacia atrás mientras se incorpora, ella se estrella en la almohada y trata de levantarse de nuevo, y yo la tiro hacia atrás otra vez. Después le agarro de los tobillos, y de una sacudida la volteo y la dejo boca abajo, y una vez boca abajo, le hago cosquillas hasta que dice basta. Ella aguanta todo lo que puede antes de rendirse, entre carcajadas y alaridos. A veces algo sale mal, y ella me golpea en la nariz y me hace daño, o yo le clavo las uñas y le dejo una marca, o ella se estrella contra la pared y termina llorando. Pero la mayoría de las noches me pide más, exige que repitamos la voltereta, y el volteo por los tobillos, y las cosquillas en los pies, y me chantajea diciéndome que si no prolongamos la guerra no me dará un beso de buenas noches, sabe que mi día no termina bien sin su beso de despedida antes del sueño.

Hay días en que no estoy en casa a la hora en que Carmen se va a dormir, y hay otros en que estoy tan cansado que no puedo emplearme en lanzarla prudentemente por los aires, con la seguridad de que no le romperé el cuello o que no se me escurrirán sus tobillos. Esos días, a menudo me torturo pensando que quizás no haya más guerras, que sin haberlo sabido he perdido la última oportunidad de una guerra con Carmen, que al día siguiente ella no querrá, ni al otro, y de repente se habrá hecho mayor y ya no le apetezca ser zarandeada de esa manera, ni le apetezcan los ataques de risa que provocan las cosquillas, que ya no quiera vender tan caro su beso de buenas noches, sino que lo regale sin más para librarse de mí. Porque igual que un día, hace aproximadamente un año, empezó a exigir una guerra antes de ir a dormir, habrá un día en que dejará de pedirla, y por mucho que yo procure acudir puntualmente a cada guerra, sé que es inevitable la llegada de esa última guerra, y que no sabré reconocerla como la última (a menos que el final sea producto de una desgracia, como que se golpee fatalmente la nuca contra el pico de una mesa, cosa que he pensado alguna vez que podría llegar a pasar, porque lamentablemente todo lo que puede pasar le termina pasando a alguien alguna vez) hasta que noche tras noche fallemos a nuestra cita, porque yo esté de viaje, o ella en un campamento de verano, y el tiempo se eche sobre nuestras guerras, y ella se haga más grande y yo más viejo, y nuestras guerras pasen a ser un recuerdo feliz de la infancia, y por fin se hayan concretado en un número exacto y cerrado, el número de guerras que tuvimos, una primera, muchas otras, y una final. Un número que ignoraremos siempre, porque no llevamos una cuenta de nuestras guerras, pero no por eso soy capaz de olvidar que el número es exacto, y que hubo un primer ritual y que, más pronto que tarde, llegará otro que sea el último.

No solo me pasa con las guerras de Carmen, me pasa a menudo con todo aquello que amo repetir, cuántas veces me he despedido de una comida dominical con mi madre pensando que puede ser la última, cuántas veces me he ido de viaje y he besado a mis tres hijos, y al perderlos de vista he pensado que quizás fuera ese el último beso, porque quizás se estrelle el avión, o quizás mueran en un incendio absurdo causado por el humidificador con el que mi mujer cree prevenir las toses de los niños y al que yo no doy más crédito que a un remedio de herbolario. Y me pasa también contigo, sí, me pasa desde la primera vez que te besé, y que me fui a la cama deseando que ese primer beso tan improbable, tan inesperado, no hubiera sido el último, y al día siguiente, cuando me diste el segundo beso empecé a llevar la cuenta de cada uno que nos dimos los tres días que duró nuestro primer encuentro. Hasta que nos vimos de nuevo, pasé tantas noches peleando con el fantasma del último beso, resistiéndome a la idea de que ese beso ya te lo había dado sin darme cuenta de que era el último, y de que todo se había acabado, el telón había caído, la gente se había ido a su casa y yo seguía sentado en la platea esperando a la siguiente escena. Cuando después de un año volvimos al escenario del crimen y me diste ese beso en el aeropuerto antes de que pudiera decirte lo que durante todo el vuelo planeé que te diría al verte otra vez, me quedé tranquilo y dejé por fin de contar, perdí el miedo a la finitud, me convencí de que esto se repetiría cada año, el último beso no parecía estar a la vista ya, se perdía en un futuro lejano.

Cuánto tiempo habré malgastado provocándome angustias que oscurecen mi mente como una neblina pasajera cada vez que algo me hace recordar que todo aquello que no quiero perder ha tenido un principio y tendrá un día su final. Trato de escapar rápidamente de ese pensamiento estéril, antes de que en la neblina de mi conciencia tome forma la visión concreta de una última vez, y yo me quede absorto contemplándola, y no pueda ya proteger a mi ánimo del influjo que esa visión tendrá sobre él.

Por eso, ahora que casualmente tengo en mis manos una carpeta con la correspondencia de un famoso escritor a su amante —ambos muertos hace mucho— no puedo dejar de angustiarme: puedo ver la primera carta de una historia de amor asomar al principio de esta carpeta, y a la vez puedo ver la última carta al final, y no puedo evitar hacer el cálculo a ojo de todas las hojas que hay entre ambas cartas, la primera y la última, y medir en cada punto las cartas que le restan a esa relación para extinguirse. Se puede decir que el conjunto de pruebas que quedan en el mundo de ese romance apenas miden medio centímetro de grosor, y caben en un espacio de treintaicinco por veinticinco centímetros, que es más o menos lo que miden las carpetas de color hueso en que están clasificadas las cartas del contenedor 11 del archivo de William Faulkner en el Harry Ransom Center con las que estoy matando el tiempo esta mañana, y con las que sospecho que perderé el día entero, y los días venideros, hasta olvidarme por completo del propósito de mi visita que ya ha perdido todo interés para mí. Eran unos papeles demasiado tentadores, llego a ellos, como te dije, casualmente, y en ellos descubro una posibilidad de hallar respuestas, los leo con una fruición parecida a la de los adolescentes que leen el consultorio amoroso de las revistas juveniles. Y sin embargo, nada más ver la carpeta me asaltan nuevas preguntas. ¿Qué medidas tuvo lo nuestro (dejémoslo en *lo nuestro*, a falta de un nombre mejor)? ¿Qué huella ha dejado, qué residuo, qué cenizas? No hay memoria. Yo lo he borrado todo, absolutamente todo, y me consta que tú también. Solo sé que el año pasado te vi cuatro días en estas mismas fechas, en esta misma ciudad, y que el año anterior te vi otros tres días, en las mismas fechas y la misma ciudad. Verte se queda corto. Te tuve, me tuviste. Nos tuvimos.

Me pregunto si en algún sótano en Dakota del Sur o en Malta habrá un servidor activo que aún albergue una copia archivada de todos nuestros mensajes borrados. Es cierto que quedan un par de fotos de paisajes que contemplamos y que ambos compartimos en nuestras redes, pero siempre con exquisito cuidado de no dejar la pista de un nosotros. Solo en alguna foto de Instagram queda el dibujo irrepetible de las nubes en el cielo de un día que pasamos juntos. Y sí, me queda también el libro que me regalaste en aquella librería de Austin, y ahora me arrepiento tanto de haberte pedido que no me lo dedicaras, de haberte dicho con tanta cobardía y previsión que era mejor no dejar ninguna huella de *lo nuestro*, porque en estos momentos siento una súbita necesidad, después de haberme asomado brevemente y con mucha envidia a esta correspondencia privada del señor Faulkner, de conservar un pequeño rastro, una traza, un indicio que me recuerde que *lo nuestro* ha sido, de que lo nuestro fue. Es un apetito que haría bien en no alimentar, hasta que entré en este lugar me sentía muy aliviado precisamente por la ausencia de residuos, por no tener un fetiche que al tocarlo me hiciera entrar en el tiovivo de fantasías de lo que podría haber sido esta semana aquí contigo, me alegraba de no tener ninguna foto que devolviera el recuerdo de las cuatro noches que pasé aquí contigo el año pasado ni de las otras tres noches que pasamos el año anterior. Me cuesta mucho creer que solo fueran siete los días que pasamos juntos, pero es que de verdad ocupan tanto espacio en mí que apenas puedo pensar en otra cosa mientras camino por esta ciudad, y más aún sabiendo que también tú estás aquí ahora, posiblemente a menos de quinientos metros, y que estarás aquí las próximas cuatro noches. Me había propuesto no escribirte, aceptar tu decisión sin pedir explicación alguna, me tomé como una orden lo que me habías pedido en tu mensaje final: «Mi marido decidió acompañarme en el último minuto, por favor ya no me escribas más. Dejémoslo aquí, quedémonos el recuerdo. Adiós, te quiero».

Borré el mensaje tras releerlo veinte veces, después borré también tu número de móvil para evitar cualquier tentación (el email no soy capaz de olvidarlo, era tan fácil). Ese *quedémonos el recuerdo* con el que me invitas a consolarme es lo que se me ha ido volviendo un problema, porque para quedármelo necesito conservarlo en alguna parte: ya se sabe que los recuerdos que no se apoyan en imágenes, ni palabras, ni objetos se deshacen poco a poco en la memoria, pierden la nitidez, sus contornos se diluyen, sus colores se entremezclan y al final solo queda una mancha borrosa de luz contra esa oscuridad que termina por engullirlo todo.

Quedémonos el recuerdo, me dices, y con esta manía que tengo de identificar las últimas veces, me doy cuenta de que esa frase sea probablemente la última acción que conjugaremos en el plural de la primera persona, nuestra última aparición conjunta en primera persona del plural de un tiempo presente. Probablemente sea preferible no quedarnos el recuerdo, aún no tengo claro qué bien puede hacernos conservarlo, pero si como me pides hemos de quedarnos el recuerdo, habrá que construirlo primero de una manera en la que quede, es decir, habrá que preservarlo de una manera en que podamos quedárnoslo. Solo tengo el lenguaje para embalsamar. Por eso me vas a permitir que te escriba esta carta que probablemente nunca te mande, me basta con saber que te estoy hablando, quiero escucharme un poco más hablando con esta voz que tenía para ti, la voz que tú hacías brotar. Es así de lamentable, cursi e indigno, quiero escucharme a mí mismo hablar con esta voz que pronto va a perderse en tu silencio, quiero hacer sonar un rato más este instrumento que tan bien he aprendido a tocar y que solo servía para que tú lo escucharas.

Mientras escribo esto, me cabe la duda de si en realidad solo nos enamoramos de nosotros mismos enamorados, si lo que de verdad temo perder es la posibilidad de ser la persona que estaba enamorada de ti, esa persona que puede hacer, decir y sentir las cosas que hace, dice y siente una persona enamorada. Es una duda razonable, después de todo solo he pasado contigo siete días en total, o más exactamente, tres días, seguidos de un año de ausencia, y otros cuatro días, seguidos de otro año de una ausencia que debería haber terminado ayer mismo, con un épico reencuentro en un aeropuerto. Es preciso contar también el tiempo sin ti, porque también la ausencia le ha dado forma a *lo nuestro*, igual que el silencio se lo da a la música, y la sombra a la pintura.

Después de los primeros tres días que pasé contigo, hace dos años, me di cuenta de que más que haber regresado a Madrid, en realidad lo que había hecho era regresar a mi vida, pues había estado fuera de ella, había vivido tres días en otra vida. Otra que era completamente mía también, que me daba esta voz, que solo me salía cuando estaba contigo, otra en la que no cabía nadie más y donde mi vida habitual, esta que por lo visto vuelve a ser ahora la única que tengo, desaparecía hasta que empezaba tu ausencia. Se puede tener más de una vida, pero no se puede estar en más de una a la vez, y solo se sabe que se tiene una vida cuando de repente te asomas a otra vida que pudo ser tuya.

Tuvimos siempre la delicadeza de evitar hablarnos de nuestras otras vidas (vidas o parejas, no sé bien qué término emplear), nos las ocultamos mutuamente en compartimentos estancos, higiénicamente, para no contaminar unas con otras. Yo no quería oír tu opinión de esa vida a la que me toca volver, ni quería imaginarte a ti en la tuya, ni considerar sus luces o sus sombras, ni compararme con tu marido, ni que te compararas con mi mujer. Era importante liberarnos el uno al otro de lo que somos cuando no nos vemos, de aquello a lo que nos toca regresar. Eso no va a cambiar ahora, no voy a hablarte de mi vida, no al menos en términos concretos, me quedo en la metáfora para decirte que cuando llegaste, sentía mi vida como un enorme buque, cargado de contenedores apilados, algunos llenos de residuos tóxicos, otros llenos de ilusiones con fecha de caducidad, de responsabilidades, preocupaciones, otros rebosantes de deseos reprimidos. Era un buque insoportablemente lento sobre un océano demasiado ancho. Cada mañana uno se despertaba en él esperando que el mar estuviera tranquilo, que apareciera pronto un puerto donde poder descargar, porque con cada tormenta que habíamos pasado, todos esos contenedores apilados se habían desplazado, y el buque se había escorado ya peligrosamente. Fue en medio de esa travesía cuando te conocí, y sorprendentemente los pocos días que pasé contigo se posaron sobre el buque como un contrapeso preciso, la nave quedó equilibrada otra vez, empezó a navegar más rápido, llegó a puerto y descargó por fin decenas de contenedores.

Tres o cuatro días al año es la medida perfecta de la evasión, no deben ser muchos más. La parte de nosotros que ocultamos a los demás ha de ser pequeña, pues si no, nos convertimos en absolutos desconocidos para la gente a la que pertenecemos, y peor aún, nos terminamos convirtiendo en conocidos para la gente con la que precisamente disfrutamos de un trato íntimo entre desconocidos. Llega un punto en la vida en el que solo con los desconocidos se puede hablar, sin temor a asustarles ni a decepcionarles, de nuestros deseos ocultos, de aquello en lo que hemos dejado de creer, de aquello que ya no queremos ser y de aquello en lo que empezamos a convertirnos.

Me estoy poniendo insoportablemente poético (en el peor sentido de la palabra poético, quizás la palabra correcta es cursi), se me empieza a atragantar todo este asunto alegórico de *La voz a ti debida* y del buque de la vida. Yo que había venido a Austin principalmente a usar expresiones que me enseñaste, a bailar de a cartoncito, a apapacharme contigo, a un faje en el taxi de vuelta al hotel, y a coger, matarte la rata a palos (mi expresión favorita, sin duda), a planchar, abrochar, y como decimos los gachupines, a echar un polvo, un polvo soñado, ensayado y anticipado durante un año entero, y no. En vez de eso estoy aquí volando alto con metáforas, vistiendo el cadáver de *lo nuestro* con más arte que una momia egipcia. La alternativa es tratar de no pensar en ti, no pensar que estás caminando por este mismo campus mientras yo trato de escribir bonito (cursi), que quizás me cruce contigo al salir del Harry Ransom, y por el contrario, concentrarme en lo que supuestamente vine a hacer aquí, que era inventarme un reportaje para rellenar cuatro o cinco páginas del suplemento dominical del periódico, porque el director financiero, que es ahora quien manda de verdad en todo, no le veía sentido a pagarme un viaje solo para que asistiera al congreso, *para qué le sirve al periódico que vayas a ese congreso, pero si todos estos saraos los ponen ya por streaming,* quizás si nos hubiera visto bailar en el White Horse no me lo hubiera puesto tan difícil, hubiera entendido que la felicidad que pensaba traer de vuelta revertiría en toda la redacción. Pero así es todo ya en un grupo de medios español, un cambalache, *yo te pago el viaje, pero en el vuelo más barato, con tres escalas, Holiday Inn, dieta de bocadillos y además nos traes un reportaje o algo que justifique el dispendio*. Supongo que el año que viene ni me pagarán el viaje, difícilmente le sacaría a Austin más de un reportaje, y aunque pudiera ya da igual, el incentivo principal del viaje ha desaparecido, venir para recordar no es buen plan, siempre he tratado de creer que no creo en la nostalgia.

Lo cierto es que a este lugar, el Harry Ransom Center, se le puede exprimir jugo como para rellenar varias páginas de todo tipo de suplementos y secciones. El sitio ya lo conoces por fuera, es esa fortaleza cúbica de hormigón armado, que parece como un búnker que hubiera emergido del subsuelo allí donde la fuente del campus, en la 21, impulsado hacia la superficie por un movimiento tectónico. Dentro de este cubo gris hay cuarenta y tres millones de documentos, que entre otras cosas incluyen dos de las biblias originales de Gutenberg, la primera foto de Nicéphore Niépce, algunos *first folios* de Shakespeare, los archivos completos o parciales de genios vivos y, sobre todo, muertos, el mago Houdini, Poe, Conan Doyle, Jean Cocteau, Gabriel García Márquez, Joyce, Beckett, David Foster Wallace, Coetzee, Ishiguro, Anne Sexton, David O. Selznick, Robert de Niro, Arthur Miller, Aleister Crowley, Paul Bowles, Lewis Carroll, Faulkner, Borges, Baroja (¿cómo acaba Baroja en Texas?), Hemingway, Malcolm Lowry, la agencia Magnum, todo tipo de libros raros, los papeles del Watergate de Bob Woodward, partituras manuscritas de Verdi, Stravinsky, Ravel, escritos de Newton, hojas de cálculos de Einstein, solo con esto te empiezas a hacer una mínima idea: es un archivo infinito. Cuesta creer que esta especie de biblioteca de Alejandría de nuestros tiempos haya acabado en una ciudad tan poco conocida del centro de Texas, el último estado que alguien asociaría con cualquier tipo de repositorio de la alta cultura. Uno se pregunta qué hace esto en Austin, cómo llegó a parar aquí. El sitio me pasó completamente desapercibido en mis dos visitas anteriores a Austin, verás que siempre está muy al final de cualquier lista de cosas que ver en esta ciudad, antes te aparecerán la tienda de botas de cowboys de South Congress Ave, la barbacoa de Aaron Franklin, el circuito de Fórmula 1 o la colonia de murciélagos bajo el puente de Congress Ave. Preguntas a cualquier tipo por la calle sobre el Harry Ransom Center y no sabrían decirte qué es, ni mucho menos dónde está. Yo jamás hubiera sabido de la existencia de ese archivo si en el periódico no me hubieran puesto la pistola en la sien con el cuento de que o traigo algo para rellenar páginas del suplemento o no hay viaje a Austin este año.

Antes de llegar a Austin, consulté en su web varios inventarios de los fondos, en busca de los temas de relleno más desvergonzadamente obvios con los que solucionar algún hueco del suplemento dominical, a saber, los papeles del Watergate de Bob Woodward, o las libretas y enseres de Gabriel García Márquez, cualquiera de esas cosas podrían servirme para fabricar algo publicable en poco tiempo. La idea era entrar al HRC fugazmente, con un plan, como un ladrón que sabe a lo que va, hacer fotos a unos cuantos papeles medianamente interesantes que ya leería más adelante en una pantalla, largarme de ahí rápido y así quitarme de encima toda la investigación para el artículo. Una vez resuelto el tema del encargo, me quedaría asistir a un par de charlas del congreso, las que coincidieran con tus clases, y allí publicaría dos o tres fotos y tuits para construir mi coartada. El resto del tiempo quedaba liberado, y lo iba a pasar todo contigo hasta despedirte en el aeropuerto con lágrimas, babas, gemidos y puede que hasta mocos. La órbita del planeta-de-lo-nuestro era muy estrecha, los días duraban sesenta minutos, las horas sesenta segundos: desperdiciar una mañana era como tirar media vida a la basura.

Luego, tras despedirnos, llegaría el momento de pasar por la cámara hiperbárica para sobrevivir a la inmersión, para expulsar de mi sistema los efectos de esa otra atmósfera, para ello haría una escala de una noche en un hotel de NYC, y me haría «un Peláez», que es como llamamos en la redacción a los reportajes que uno escribe del tirón y a contrarreloj, después de haberse pasado una semana sin escribir una sola palabra, viajando y viviendo la vida a costa del periódico, reportajes que se entregan un minuto antes del cierre, justo al iniciar el viaje de vuelta, y que se crean con la inestimable ayuda de cualquier estimulante y una botella de whisky, que es lo que hacía siempre un tal Peláez al que no llegué a conocer porque reventó de un paro cardiaco en Bangkok justo cuando yo entré a trabajar aquí, pero que ha dado su nombre a un estilo de vida que, con lo poco que nos pagan hoy día para viajar, es más una leyenda que una realidad, porque el hotel de NYC y el vicio me los tengo que costear yo. Me encerraría, pues, a redactar el reportaje de una sentada en un hotel de NYC, y acto seguido me destruiría hasta que todo lo ocurrido en Austin se disolviera en una solución tóxica, perdiera la nitidez de un ayer para hacerse gaseoso como las formas de un sueño, y al día siguiente volvería a Madrid idiotizado, somnoliento, incapaz de pensamientos complejos, con el trabajo resuelto, con ganas de casa, hambre de sobras y sándwiches, cuerpo de sofá, derecho a manta y a caprichos de enfermo, fingiendo que la resaca es cansancio del deber cumplido mezclado con *jet lag,* comer tumbado, dormir de día, quedarme en calzones hasta la mañana siguiente, dejar de ser, estar solamente.

Pero me has cambiado de planes y, como suele pasar en este tipo de situaciones, el tiempo se ha condensado, y ahora se estira de otra manera, se ha convertido en un recurso hiperabundante, que lo inunda todo, y remontar este pantano de horas hasta alcanzar la hora de volver se me hace como nadar en aceite. Todo esto no te lo digo para hacerte sentir mal —aunque quién sabe, quizás inconscientemente sea precisamente lo que intento—, sino para explicarte que he pasado horas y horas refugiado en la sala de lectura del Harry Ransom Center, que no tiene ventanas, ni ecos, ni sonidos, está envuelta en una oscuridad parcial, de la que emergen los pequeños haces de luz de las lámparas que aquí y allá encienden el puñado de investigadores que examinan en silencio algún manuscrito. He comprendido que esto es lo más parecido a un tanque de aislamiento sensorial que podré encontrar estos días, un refugio, y no tengo ya ninguna prisa en resolver ese reportaje de relleno. He entrado con ganas de perderme entre los cuarenta y tres millones de documentos que podría solicitar en esta sala de lectura, tuve que dejar todo en una taquilla y firmar una autorización por la cual se me permite hacer fotos a los originales siempre que no los comparta públicamente sin solicitar antes un permiso. Hay un mostrador en un extremo de la sala, atendido por dos bibliotecarios de aspecto bastante extraño, un calvo con pelo largo, tirantes y barba canosa que le llega al pecho, y una señora con una melena gris enmarañada y unos ojos miniaturizados por el efecto óptico de unas gruesas lentes. Ambos sirven los materiales a los investigadores de la sala y se aseguran de que estos sean manipulados con el debido cuidado, con pinzas, entre láminas de acetato, sacando las hojas de papel solo de una en una. Vigilan que no masques chicle, que no utilices ningún otro útil de escritura que los lápices que ellos te entregan, que solo te sirvas de sus folios amarillos para tomar notas, folios entre los que supongo que sería más difícil sustraer algún documento por el contraste con ese color. No emiten ni una sola palabra innecesaria, no escatiman ni desperdician un solo centímetro en sus desplazamientos para resolver una solicitud, se mueven como si estuvieran practicando taichí, sin hacer un solo ruido, cada uno de sus desplazamientos es exacto y certero, ni demasiado lento ni demasiado rápido, al cabo de un rato se hacen invisibles y se funden con el mobiliario, la regla general por la que se rigen es no perturbar jamás el ambiente de concentración de los investigadores que igualmente pasan horas en silencio estudiando manuscritos, notas escritas al margen de un libro, tachones en una galera, el matasellos de una carta. Merecería la pena visitar el *reading room* del HRC solo por observar y contagiarse de la quietud de este lugar diseñado para la hiperconcentración, habilitado para aquellos que quieren profundizar en las cosas como si fueran en batiscafos.

Sorprende mucho la facilidad con la que me han entregado la correspondencia estrictamente privada de un hombre —en concreto la de un premio Nobel— que jamás pensó que estas cartas serían leídas por nadie más que su destinatario.

—Buenos días, ¿qué busca usted? —me preguntó amablemente una bibliotecaria en un tono perfectamente medido para que no se escuche a más de un metro y medio de mi cara.

—La correspondencia de Faulkner con su amante. En su web dice que es el contenedor 11 del archivo de Faulkner.

—Perfecto. Ahora se lo traen.

No puedo decir que sea un gran fan de Faulkner, la verdad. Lo intenté en su día, cuando todavía estaba preocupado por leerme los libros canónicos que se supone que un hombre culto ha leído, antes de darme cuenta de lo fácil que es sobrevivir airosamente a cualquier cena culturera de Madrid sin ser desenmascarado —basta saber que Joyce era irlandés, no hay necesidad de someterse al tormento de leer el *Ulises*. A pesar de no haberle leído mucho, Faulkner me cae especialmente bien, me encantan su bigote, su pipa y su aspecto de granjero de Misisipi. Lo veo y pienso que me iría de copas con él, e incluso le dejaría estar a solas con mis hijos (esas son las dos preguntas que me hago al juzgar a un desconocido por su aspecto). En casa tenemos todos sus libros, es el escritor favorito de Paula, que sí se ha leído el canon occidental (parece que no voy a ser capaz de no hablar de la vida a la que vuelvo, me vas a perdonar, no tengo claro que esta carta no sea en realidad una carta que me escribo a mí mismo). Yo solo fui capaz de terminarme *Las palmeras salvajes* y eso fue porque me lo había regalado Paula cuando empezábamos a salir. Cuando tu pareja te regala un libro al comienzo de un noviazgo, es inevitable devorarlo pensando que el libro contiene algún mensaje especial que nos están queriendo transmitir usando las palabras de otro. *Entre la pena y la nada, elijo la pena,* dice al final de la novela el narrador, tras una escabrosa historia de amor con una mujer casada que acaba todo lo mal que puede acabar una historia de amor (te acabo de hacer un *spoiler*, no me odies). En su momento no entendí bien qué me estaba queriendo decir Paula. Curiosamente, tras leer todas estas cartas —una en concreto, que te dejo para un apoteósico final—, creo que es ahora cuando por fin lo he entendido.

En la oficina tengo el discurso de aceptación del Nobel de Faulkner enmarcado, me lo dio Paula como regalo cuando empecé a trabajar en el periódico como si fuera un credo, para que tuviera siempre claras las cosas sobre las que merecía la pena escribir, que son precisamente aquellas sobre las que nunca ha escrito ella, ni mucho menos yo. Por eso quizás el discurso está metido en un cajón, me daba vergüenza colgarlo en la redacción, hubiera quedado como un imbécil. No soporto cuando la gente enmarca citas inteligentes, y mucho menos todavía a aquellos que cuelgan citas de autores que no han leído.

Cuando vi en la web del HRC que estaba aquí parte de su archivo, pensé en mandarle un mensaje cariñoso a Paula, con la foto de algún manuscrito suyo. Vi que entre los muchos papeles había una carpeta con la correspondencia de Faulkner a su amante, una tal Meta Carpenter. No tengo claro que Paula me perdonase a mí una aventura, pero estoy seguro de que a Faulkner, que le genera bastante más admiración que yo, lo trataría de entender antes que condenarle, incluso le justificaría. De repente me entró verdadera curiosidad, una curiosidad algo indecente por saber realmente de qué pasta estaba hecha la aventura de un ser superior, de ese ser que llena gran parte de la biblioteca de mi casa, y que escribió el primer libro que me regaló mi mujer. Abrí la carpeta avergonzado, como quien se agazapa en un escondrijo para asomarse a la intimidad de un desconocido.

La primera de todas esas cartas está matasellada en abril de 1936. Tiene arriba en el centro un membrete impreso en tinta verde: *Beverly Hills hotel and bungalows*, que ilustra un edificio encalado y blanco, de estilo colonial, en medio de unas colinas peladas, con algunas palmeras. El texto manuscrito es un bloque perfectamente rectangular, estrecho, se alza sobre la página en blanco como una columna sólida, limpia, sin tachones, cada línea tiene la misma anchura, se apoya sobre la anterior de manera perfectamente nivelada, separado por el mismo espacio que la línea anterior. También las letras tienden a ser columnas, se yerguen como líneas rectas hacia arriba, las tes, las efes, las des, las ges, no son más que alambres

BEVERLY HILLS
HOTEL AND BUNGALOWS
BEVERLY HILLS
CALIFORNIA

8:00

I am all night again, and I want to see you. Can I? You are badly in my blood and bones and life, my dearest dear. You can't help that now, and I don't think I would if I could. Only you are going to have to tell me if I will be of harm to you. I have finished the script, and I think I shall go back home soon. I don't intend to until I see you again though. Will you call me and say when?

10:30 Now that I talked to you, I had to write something else in here. Mela. Mela. beloved. precious sweet, beloved beloved. I want to say goodnight to you, but I want to put the words into your hands and into your heart both. And I am to see you tomorrow. Tomorrow. Tomorrow.

verticales, indistintos los unos de los otros. Los caracteres en su conjunto parecen mampostería. Más que un texto escrito, es un texto erigido, como una esbelta torre de ladrillos contra un cielo blanco, a ambos lados del texto hay mucho aire. La carta tiene una calidad arquitectónica, pareciera que Faulkner, más que escribir, estuviera construyendo su propio pensamiento en forma de edificio. Tú que eres arquitecta estarías de acuerdo conmigo.

Te incluyo la carta original. Transcribo:

8:00

I am all right again, and I want to see you. Can I? You are badly in my blood and bones and life, my dearest dear. You can't help that now, and I don't think I would if I could. Only you are going to have to tell me if I will be of harm to you. I have finished the script. And I think I shall go back home soon. I don't intend to until I see you again though. Will you call me and say when?

10:30

Now that I have talked to you, I had to write something else in here. Meta. Meta, beloved. Precious sweet, beloved beloved. I want to say goodnight to you, but I want to put the words into your hand and into your heart both. And I am to see you tomorrow. Tomorrow. Tomorrow.

(8.00
Estoy bien otra vez, y quiero verte. ¿Puedo? Estás gravemente en mi sangre en mis huesos en mi vida, mi queridísima querida. No puedes remediarlo ya, y no creo que lo hiciera si pudiera. Solo que vas a tener que decirme si te hiciera daño. He terminado el guion. Y pienso que regresaré pronto a casa. Pero no tengo intención de hacerlo hasta verte de nuevo. ¿Me llamarás y me dirás cuándo?

10.30
Ahora que he hablado contigo, he tenido que escribir algo más aquí. Meta. Meta, amor. Dulce preciosa, querida querida. Quiero darte las buenas noches, pero quiero poner las palabras en tus manos y en tu corazón, en ambos. Y te veré mañana. Mañana. Mañana.)

Es una torre de texto con dos alturas, dos bloques de igual tamaño, superpuestos uno encima de otro, cada uno de ellos encabezado por la hora a la que fueron escritos. El primer bloque justo después de la caída del sol en una tarde de abril. Miro el membrete de nuevo, y me imagino que desde una de esas ventanas del hotel encalado está Faulkner viendo caer la tarde, y en la oscuridad se va alumbrando su deseo, y él lo contempla nacer, lo escucha y lo alimenta de lenguaje. Quiere verla, se lo dice a esa hoja de papel como si al escribirlo ella fuera a escuchar, *You are badly in my blood and bones and life,* le pregunta si le llamará, *Will you call me and say when?*

Dos horas y media después, con la noche ya avanzada, cae un siguiente bloque de texto, de un tamaño parecido al anterior. Cuenta que acaba de hablar con ella por teléfono, siente que debe escribir más. *Meta. Meta, beloved. Precious sweet, beloved beloved. I want to say goodnight to you, but I want to put the words into your hand and into your heart both* y se despide celebrando que la verá mañana, y no puede evitar escribir ese adverbio de tiempo tres veces seguidas, con esa caligrafía simplificada que en su ansiedad se deja por el camino cualquier trazo horizontal.

lomonow lomonow lomonow

En cierto modo, esta carta tiene el formato de una aplicación de mensajería móvil. No es una carta, sino más bien dos mensajes separados. Como en todo lo digital, cada uno de estos mensajes está marcado por la hora en la que se producen. Es tremendo, el tipo está escribiendo whatsapps casi un siglo antes de que se inventaran. Claramente la ansiedad de comunicar de inmediato el deseo, de elaborarlo poéticamente con imágenes y palabras, de seguir su crecimiento a cada instante, son pulsiones que estaban ya en nosotros antes de la existencia de los móviles.

Faulkner ansía saber cuándo podrá volver a verla en su protowhatsapp de las 8.00. En el siguiente bloque, el protowhatsapp de las 10.30, él ya sabe cuándo volverá a verla, uno podría llegar a pensar que Meta de hecho recibió el primer mensaje de manera telepática y acto seguido le llamó.

He de verte mañana. Mañana. Mañana. Así, tres veces, entiendo tan bien la necesidad de darle eco a la palabra, de repetirla para volver a verla, volver a oírla. Se ha cargado de posibilidad esa palabra, se ha inflamado de excitación. Creo que los dos sabemos qué tipo de mañana es ese mañana que uno es capaz de escribir tres veces seguidas y que sigue sonando como un mantra en la cabeza.

La última vez que supe que te volvería a ver fue uno de esos mañanas que uno no puede casi creer, que ni escribiéndolos tres veces se hacen del todo reales. Había olvidado esa excitación extrema de la víspera, los niños la sienten todo el rato, la víspera de Navidad, de su cumpleaños, del día antes de las vacaciones, del día antes de ir al parque de atracciones, y luego uno ya ha pasado por todo y deja de tener esa excitación tan embriagadora con los mañanas. Y sí, siempre hay mañanas muy esperados, muy ilusionantes, que vienen con su garantía de alegrías, pero cuántos mañanas triples como este tiene uno al cabo de los años, cuántos que atrapen a la conciencia en un bucle hecho únicamente de la palabra mañana, cuántos que le hagan a uno hablar solo repitiéndolo, invocándolo, conjurándolo, mañana, mañana, mañana, necesitado de escribir esa palabra tres veces seguidas porque ya dos se le quedan cortas para transferir a un papel la fuerza de ese mañana cuya gran promesa es tan sencilla como inmejorable: que volverás a verla, que volverás a tocarla. No hay un mañana mejor que ese.

Indudablemente se gastan pronto esos mañanas, su número está fijado desde el principio, después de un tiempo los mañanas que les siguen van perdiendo la capacidad de absorber promesas, dejan de ser triples, dejan de ser dobles, se vuelven idénticos unos a otros, y al final uno olvida la excitación canina de esas vísperas que precedían a la reaparición de aquella persona que nos tenía repitiendo mañana. Mañana. Mañana.

Es ahora, con esta carta en la mano, cuando me doy cuenta de que yo también tuve esas vísperas con Paula, y las gasté todas hace ya tanto tiempo que ni me acordaba de lo que era irse a la cama pensando en cómo ese mañana iba a entregarme lo prometido: qué ropa llevaría, qué pañuelo, qué desorden en el pelo, qué clima en su mejilla, qué cielo en sus ojos, qué ánimo en su voz, qué palabras de recibimiento.

Era bueno nuestro arreglo, Camila, solo había una víspera de reencuentro al año, hubieran tardado mucho en gastarse esos mañanas mañanas mañanas. Ahora estamos huérfanos de vísperas así, yo por lo menos lo estoy, y es como si me hubieran vuelto a hacer creer en los Reyes Magos para cancelarme después la Navidad. Supongo que lo que me queda al menos, aunque sea mal consuelo, es la recuperación de la memoria de esas vísperas, de las que tú me hiciste sentir, y de las que ya sentí mucho antes, esas que al quedar enterradas hicieron germinar la vida que ahora comparto con Paula, esta que ahora se me hace un buque inmenso y tan cargado de cosas, cuyo rumbo y velocidad cuesta tanto variar. Esa que es ahora la única que me queda.

Cuando vuelvo a leer esta carta tan ajena y tan privada, tan lejana en el tiempo, me da la impresión de que fue escrita para que yo te la mandara a ti, en ella sigue vivo, girando en un presente inextinguible, atrapado en un atardecer de abril de 1936, el deseo de Bill (así es como firma la mayoría de sus cartas) de estar con la persona que deseaba, en ella toma voz y forma ese deseo, se vuelve lenguaje para llegar hasta ella. Ese mismo deseo que ahora desempolvo, y que me hace de espejo, me devuelve el reflejo de la primera noche en que yo pude haberte escrito tan efusivamente un mensaje que terminara por *he de verte mañana. Mañana. Mañana.* Te llevo de nuevo hasta él. Fue al segundo día de conocerte, no sabes la cantidad de noches en que he trazado en mi imaginación la línea sinuosa de sucesos que tuvieron que acontecer para que, de un día para otro, la palabra mañana pasara de ser un mero adverbio de tiempo a ser un carillón de promesas que tañen en la noche. Te los enumero en una lista:

- El congreso de periodismo digital y tu seminario de arquitectura coincidieron en el tiempo y en el espacio.
- Íbamos en el mismo avión de Dallas a Austin, tú te

sentaste delante de mí y al aterrizar te entraron las prisas por salir la primera, abriste el compartimento de las maletas y se te cayó la tuya en mi cabeza. Me pediste perdón varias veces en inglés, yo te sonreí y te dije un *don't worry, I'll survive.*
- Ambos nos alojamos en el hotel de la universidad.
- Ninguno de los dos pudimos dormir bien y ya a las 7 a. m. estábamos bajando al desayuno.
- Nos acomodaron en mesas contiguas, éramos los únicos clientes a esa hora. Me reconociste, te disculpaste de nuevo en inglés y me preguntaste si estaba bien, yo te dije que no había sido nada, mientras trataba de averiguar de dónde era tu acento: brasileña, india, italiana…
- Tú hablaste por teléfono con tu marido en ese momento y yo escuché tu acento mexicano, y cómo preguntabas si tus hijos habían desayunado bien, si durmieron bien, y que te despediste con frialdad.
- Nos dieron para desayunar *breakfast tacos,* algo que nos habían vendido como una de las glorias gastronómicas de Austin, Texas.
- Tú miraste con una cierta desilusión los tacos, yo los miraba con la ilusión que da ver algo caliente y humeante, lleno de huevo y queso derretido.
- Te pregunté que, como mexicana, qué opinión te merecían los tacos de Austin, y ahí empezó la siguiente conversación (que más o menos fue así, perdóname el mal uso de mexicanismos), que resultó definitiva:

—Como mexicana, te puedo decir que esto no es un taco.
—¿Qué es un taco entonces?

—Mira, primero de todo, esto más que un taco es un *wrap* chaparrito, tiene forma de cilindro, no de óvalo plegado. La tortilla es industrial, le falta porosidad, le falta textura, tiene la elasticidad del plástico, luego la cantidad de sustancia es exagerada, rezuma, se desborda, como todo lo gringo, se rige por la regla del *more is more*, del *size matters*. Después la salsa no está incorporada al taco, te dan tres salsas a elegir, en sobrecitos de plástico, pero el taco es la unión perfecta de la tortilla, la salsa y la sustancia… Lo llaman taco, pero es una apropiación cultural.

—Quiero que sepas que acabas de destruir cruelmente toda mi ilusión.

—No dije que estuviera malo, solo te dije que no es un taco.

—Me acabas de decir que me estoy comiendo una apropiación cultural, no suena muy apetitoso —cuando dije esto te reíste, fue la primera vez que te vi soltando una carcajada, y dejaste que tu cuerpo se agitase sin contención, y vi tus dos tetas tan perfectas moverse bajo tu camisa negra, y toda esa lluvia de lunares que las cubren asomaban desde el último botón abrochado, y pensé ahí mismo que te quería volver a ver reír, que debía intentarlo de nuevo. Saqué el folleto que nos había dado la organización al llegar, el *What to see and do in Austin,* y te lo enseñé—: Ahora me haces dudar de este folleto, *start your day with the famous Austin breakfast tacos, whatever you do, don't miss the world famous Texas* BBQ.

—¿Viste que utilizaron *famous* dos veces seguidas? Así son los tejanos, para ellos todas sus cosas son *world famous* y *historical*.

—Percibo un cierto resentimiento mexicano hacia Texas… ¿me equivoco?

—No, bueno, es que todo esto era nuestro, nos lo robaron.

—Como español podría decir lo mismo, pero no quiero herir hipersensibilidades...

—Sí, ahí mejor no entremos.

—Ojo, aquí viene algo bueno: *Learn to dance country music: free dancing lessons every evening in a real cowboy saloon*. Esto sí que es auténtico y *world famous* de verdad. Esto hay que hacerlo. Mira la foto —se veían decenas de parejas bailando agarrados, con sus sombreros y sus botas.

—Suena padrísimo.

Aquí vino el instante de vértigo, el punto en que se abría la rendija de una posibilidad, la posibilidad de pasar a la acción. El otro día leí en un breve ensayo de Handke que instantes como este es lo que los antiguos griegos llamaban *kairós*: el instante oportuno, el momento propicio para actuar. Kairós era un dios del tiempo, pero del tiempo cualitativo, del momento en que todo puede cambiar para siempre, no un dios del tiempo lineal, de los ratos muertos y las rutinas, el dios que engendra el reloj, los días, las horas, como lo sería Cronos, un dios castrado. No me dio tiempo ni a pensarlo, aún hoy no sé por qué me atreví ni de dónde saqué la audacia, yo mismo me quedé sorprendido, casi aterrado, cuando de mi boca salió un: «¿Vamos?».

Se me hizo eterno el lapso en que pensabas una respuesta diferente a la que ya me estabas dando con la sonrisa que tratabas de disimular. Me anticipé: «Yo a las siete me quedo libre, y aunque tenga que ir solo, voy. Es más, voy a comprarme un sombrero por el camino. ¿Aquí a las siete?».

Me dijiste que no sabías, que sonaba bien, pero que dependía de cómo acabaran tus clases, que quizás tendrías que ir a cenar con los otros profesores de tu seminario. Pero era todo una elegante farsa, tú tenías claro ya que ibas a venir. Yo aún lo dudaba, pero la expectativa ya había tomado forma en mi mente, tenía claro que a las 18.45 estaría esperándote en este punto, y antes de decir alguna cosa más que pudiera inclinarte hacia la prudencia, miré la hora en el móvil, fingí sorpresa y urgencia, me levanté de la silla a la vez que simulaba teclear un número —«Tengo un *call* ahora mismo, perdona... Lo dicho, si quieres ir a la clase de country, aquí a las siete»—. Me despedí y hui con el teléfono pegado a la oreja antes de malograr mi empresa.

Fui a tres charlas seguidas de mi sarao de periodismo digital, no escuché nada de lo que se dijo. No hubiera podido, mi conciencia entera estaba atrapada en un movimiento pendular, entre el vendrá y el no vendrá. Estuve en una esquina mirando la lista de sitios para bailar country, buscando en Instagram fotos de los parroquianos de cada uno de los locales que me aparecían, tratando de seleccionar el lugar más prometedor, aquel que ofreciera un recorrido mayor a todos los desenlaces posibles. Debía haber sitios cercanos para improvisar una cena o una recena, para beber una copa bien preparada, para pasear en la noche, para sentarse a hablar tranquilamente, para bailar otro tipo de música si es que el country provocaba una furiosa sed de baile que no fuésemos capaces de saciar con country. Aún no sabía tu nombre siquiera, pero había bastado ese breve encuentro matinal para devolverme a un estado de excitación extrema en el que no me hallaba desde la adolescencia, ese mismo estado que vibra aún en cada línea de esta vieja carta de Faulkner. No quedaba ya nada entre ese desayuno y las 19:00 que me interesara, ni las conferencias y coloquios, ni mi trabajo en Madrid, ni mi vida, ni las decenas de preocupaciones, obligaciones y aspiraciones que rondaban en mi mente, todo había desaparecido por completo ante la posibilidad de ir contigo a bailar country, un tipo de música que hasta ese día siempre había despreciado con saña y al que ahora estaba dispuesto a entregarme sin condiciones.

Después de horas investigando en internet, me quedó claro que el sitio al que debía llevarte era el White Horse. Parecía tenerlo todo para que las cosas se pudieran descontrolar, para transitar entre lo verbal y gestual, entre bebida y comida, entre juego y baile, un escenario con bandas en directo, clases gratuitas de baile, un billar, un trono atendido por un limpiabotas, cowboys con el pelo verde y el cuello lleno de tatuajes pululando por las esquinas y un patio con suelo de tierra, mesas corridas y su *foodtruck* goteando grasa. Claramente era un sitio al que incluso hubiera ido solo.

Ya a las 16.00 me escabullí de un encuentro entre periodistas de todo tipo de medios y me fui a tomar una cerveza al bar más desierto que pude encontrar. Qué me había pasado, me preguntaba. ¿En qué momento había nacido mi deseo, ese deseo que se había apoderado de mi boca, y te había hecho una propuesta audaz, ese que ahora empezaba a sustituir todos los propósitos originales de ese viaje, había anulado mi interés por conocer a cualquier destacado colega del sector, cualquier novedad del periodismo digital? No tenía claro si había sido al verte sola en el desayuno, hablando con tu marido fríamente, repasando los menús de tus hijos con desgana, o si fue más adelante al fijarme en todo el contorno de tu cuerpo, quizás nació cuando me describiste de manera brillante lo que era y lo que no era un taco, y de repente se me hizo evidente que ese cuerpo estaba habitado por una inteligencia y un sentido del humor. Seguro explotó del todo en la carcajada que vino después, cuando volví a entrever tu galaxia de pecas.

Me quedaba en todo caso la duda terrible (y aún me queda) de si mi deseo era anterior a ti, si ya estaba allí, oculto en las sombras de mi imaginación, buscando su tiempo, su escenario, su objeto, para salir a la luz. Les pasa a tantos hombres de mi edad, que salen ya poseídos por el deseo, en busca de un objeto que les sirva para alcanzarlo por un momento. Un amigo del periódico dice que la fidelidad es un asunto estrictamente nacional. Está casado desde hace años, pero en cuanto sale de España solo, por trabajo, mira de otra manera, olisquea el aire, hasta parece que le crecen las orejas. No puede evitar sentir una inmensa frustración si antes de volver a casa no consigue iniciar una pequeña aventura, le basta con un beso, es la seducción lo que le motiva, el nacimiento del deseo es su parte preferida. Forma parte del objetivo de cualquier viaje que emprende. También tengo otro amigo que ya ha automatizado la infidelidad, que en el momento en que sale de casa solo piensa en follar, se emborracha o se droga para poder entrar sin miedo ni prudencia ni remordimientos a todo lo que se mueve, no tiene interés alguno en la seducción ni en la conversación, sino en meterla donde se pueda y cuanto antes. Tengo la sensación de que tanto el uno como el otro padecen una especie de vampirismo del que siempre he tenido miedo a contagiarme, por eso trato de creer que este deseo que tengo de ti nació contigo, que no lo llevaba ya dentro como un virus latente, o por seguir con mi metáfora náutica: que no era la embarcación ligera con la que huía del barco.

Terminé la cerveza antes de que se me calentara medio grado, me dieron ganas de beberme cuatro o cinco más, ya se sabe lo bien que acorta el tiempo el alcohol, y esa distancia entre las 16.30 y las 19.00 me parecía insalvable. Me levanté para pedir otra, pero el deseo, que ya hablaba por mí, se me anticipó, *can I have the check, please,* no puedes llegar pedo a esta incierta cita, me decía, ni tan siquiera oliendo a alcohol, tienes pocas posibilidades de que todo salga como quisieras, no las limites aún más. Caminé sin rumbo por el campus durante una hora, a la velocidad a la que va la gente que solo quiere matar el tiempo, parándome a mirar bicicletas candadas, nombres en los buzones, cada pájaro del parque, las pegatinas de los coches, y cuando ya me agoté de ese ejercicio de distracción constante, me metí en el hotel y pude haber vaciado el acuífero de Austin tras una ducha de casi una hora de la que salí mareado. Me sequé el pelo todo lo bien que pude para que no pensaras que me había duchado para nuestro encuentro. Lo que sigue ya te lo sabes todo. No salimos del White Horse hasta las dos, y esa primera noche aún tuviste la presencia de ánimo para negarme la entrada a tu habitación, pero me bastó el faje en el coche de vuelta para que, como el final de esa carta, yo estuviera repitiéndome toda esa noche que te veré mañana mañana mañana.

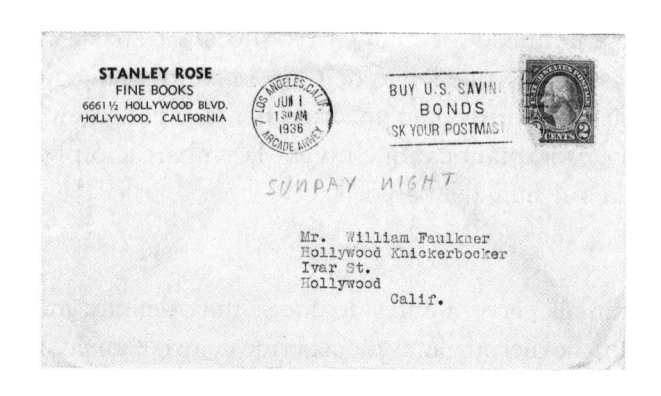

La segunda carta del archivo está matasellada en junio de 1936 y parece que Faulkner reutiliza un sobre de una carta que le ha sido enviada, porque en el sobre él es el destinatario: SUNDAY NIGHT, escribe sobre su nombre, es el título de esta carta, la única que ocupa más de una hoja, y sin embargo solo tiene dos frases, un cómic con doce viñetas a lápiz, esquemáticas, numeradas, con encuadres propios del *storyboard* de una película minimalista, una historia de amor *indie*. Faulkner no necesita más que tres o cuatro líneas para definir la geografía en que dos figuras, que representan a Meta y Bill, desarrollan una serie de escenas llenas de vida y movimiento, basta mirar las viñetas detenidamente, absorber los detalles, para poder cerrar los ojos y flotar en la secuencia de plácidos sucesos propios de un domingo de junio en que un hombre y una mujer disfrutan de su mutua compañía. Te aseguro que solo esta carta merece un viaje hasta el Harry Ransom Center de Austin, la vida es poco más que haber pasado un solo día como el que narra.

Aquí la tienes, ojo no la vayas a compartir (ni esta ni las demás).

Sunday night.

Since you have just walked up, this won't be good night, but good morning. And here's the funny page all ready for you.

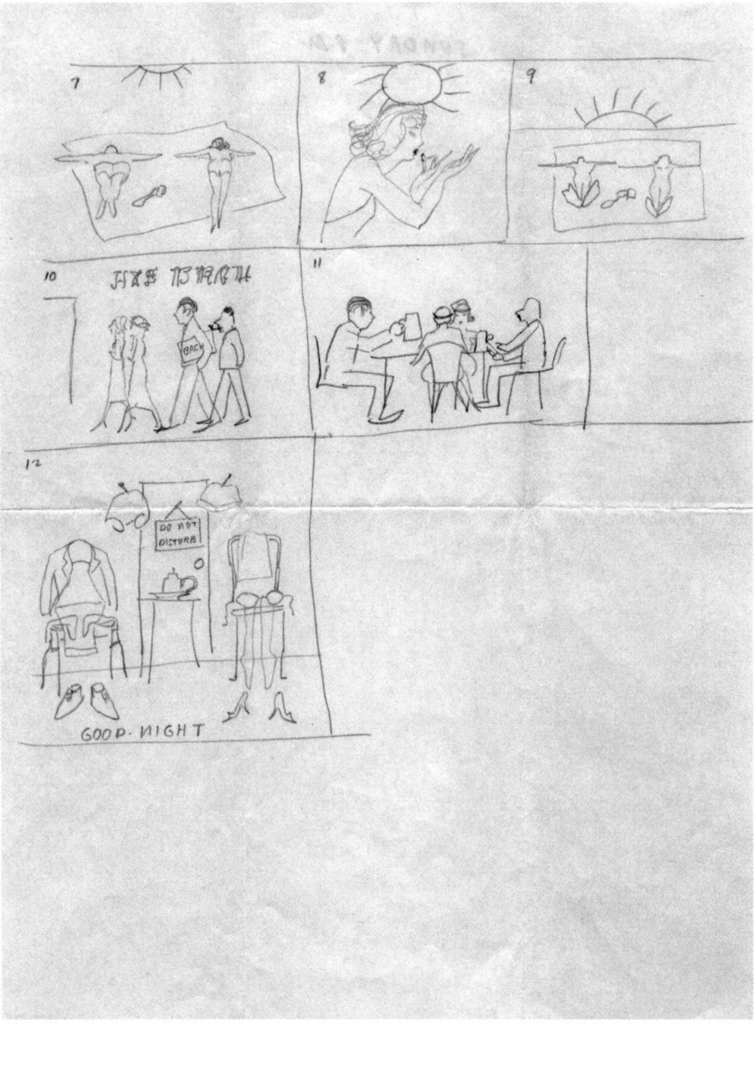
7
8
9
10
BACK
11
12
DO NOT DISTURB
GOOD-NIGHT

En la primera viñeta Meta se levanta de la cama desnuda y se pone una media en su pierna larguísima, al otro lado de la puerta del dormitorio, Faulkner llama ansioso con una mano y con la otra sujeta una pala de ping-pong. Se autorretrata sin más rasgos que un bigote y una pipa.

Le sigue una segunda viñeta donde ambos desayunan frente a frente y sobre la mesa hay lo que parece ser una exagerada torre de tortitas apiladas en un plato.

Después vienen dos viñetas de una violenta partida de ping-pong en la que, por lo que se ve, Faulkner acaba bajo la mesa, tirado por los suelos, agotado, derrotado. Meta está de pie, impertérrita, ganadora.

Luego un coche de superficies muy curvadas, con una rueda de repuesto en el maletero, pasa junto a una señal en escorzo donde pone Sunset Blv. Por la pequeña ventana trasera, de esquinas redondeadas, se percibe un detalle que cuesta un rato descifrar: hay dos círculos, son las cabezas de ambos, la cabeza de Meta apoyada sobre la de Bill. Es un paseo en coche.

En la siguiente viñeta ambos están corriendo por la playa, al fondo se distinguen figuras de palo, unas son personas sentadas bajo sombrillas, y otras son garabatos que representan a deportistas a punto de saltar, hay una red, juegan al vóleibol.

Luego Meta y Bill toman el sol tumbados boca abajo, con los brazos en cruz, comparten una misma toalla enorme, sobre ellos hay un gran sol que empieza a bajar.

Ella se pinta los labios en la siguiente viñeta, es un primer plano de perfil, el punto de vista de Bill, que se fija bien en ese instante. Los labios están en el centro de la imagen, los dibuja apretando fuerte el lápiz contra el papel hasta conseguir el trazo más negro, esos labios tan solo son un borrón, pero en ellos se concentra un brillo oscuro y me imagino a Faulkner presionando casi hasta partir la punta para que en esa mancha aparezcan con vida propia los labios de Meta que tanto desea volver a besar.

En la siguiente viñeta ambos retozan mirando al cielo del atardecer, sobre la misma toalla, el sol está ya medio hundido bajo el horizonte marino.

Después se juntan con una pareja de amigos, y los cuatro toman jarras de cerveza sentados en torno a una mesa cuadrada de un bar.

En la última viñeta ya no hay nadie, es la única en que no hay gente. Muestra las ropas de Meta y las de Bill colgadas de sendas sillas, calcetines, chaquetas, ropa interior, un cartel de DO NOT DISTURB cuelga de la puerta de lo que parece una habitación de hotel, debajo pone *Good Night*.

El cómic está encabezado por un par de líneas que dicen *Sunday night. Since you have just waked up, this won't be good night, but good morning. And here's the morning paper all ready for you.*[*] No sé más de la relación entre Meta y Faulkner que lo que puede deducirse por la lectura de las cartas, pero el texto parece indicar que él dibujó esta carta mientras Meta dormía, en el mismo cuarto, quizás en otra habitación, a tiro de piedra, la dibujó en cuanto ella cerró los ojos, y en ese momento en que él se quedó solo, en que empezó el

---

[*] «Domingo noche. Puesto que te acabas de despertar, esto no será buenas noches, sino buenos días. Y aquí tienes el periódico de la mañana listo para ti.»

silencio, empezó a preparar ya lo primero que penetraría en la imaginación de Meta nada más despertar. *Since you have just waked up this won't be good night, but good morning.* Quería construir el primer pensamiento, la primera memoria, que alumbrara la mente de ella nada más despertara, adelantarse al primer pis, al deseo de un sorbo de agua que aclara la garganta al despertarse, al café que espabila. *And here's the morning paper.* No tengo claro si es una crónica de las cosas que hicieron el día anterior, pues los periódicos son, fundamentalmente, una historia sesgada de las últimas 24 horas en un determinado territorio (una ciudad, un país, el mundo), o si por el contrario se trata de un pronóstico emocional, de lo que podría ocurrir en el día siguiente, de lo que Bill desearía que ocurriera cuando Meta despertara. Parecen en todo caso escenas ya vividas, la crónica de un domingo tranquilo, y como la carta está encabezada con un *Sunday night,* no creo que sea su fantasía para el día siguiente, un lunes laborable. Es la crónica gráfica de un día perfecto, lo miro y me viene a la cabeza la canción de Lou Reed, *oh, it's such a perfect day, I'm glad I spent it with you.* Verdaderamente, es un día tan normal, tan tranquilo, medido en placeres tan corrientes y asequibles, como los que desgrana Lou Reed en su canción, que cuenta que lo único que hacen en ese *perfect day* es beber sangría en un parque, dar de comer a animales en el zoo de Central Park y luego irse a casa.

Bill llama a la puerta del dormitorio de Meta con una pala de ping-pong en la mano, la despierta, desayunan, juegan al ping-pong, disfruta siendo vapuleado por una mujer más ágil que él, conducen por Sunset Boulevard, van a la playa, se tumban en la arena hasta el atardecer, beben unas cervezas, vuelven a casa (o a un motel), y dejan su ropa en unas sillas. Nada de lo que ocurre es extraordinario, y sin embargo es un día perfecto, merece un reportaje, dos páginas enteras de un periódico para narrar en exclusiva la extraordinaria noticia de ese día perfecto. No ven el Taj Mahal, no comen en un tres estrellas Michelin, no les hacen una visita nocturna y privada a un museo, no se meten MDMA mientras follan en el Standard, no escuchan a los Rolling en directo, no se beben un Krug de treinta años mientras abren una lata de caviar, no se ponen un esmoquin y les reciben con antorchas en la casa de un príncipe italiano arruinado, no pasa absolutamente nada que no pueda pagarse cualquiera, cualquier día en cualquier sitio, y sin embargo, no hay más que ver la carta para saber que fue un día perfecto. *Just a perfect day.*

¿Cuántos días perfectos habré tenido en mi vida? ¿Cuántos que pueda dibujar de principio a fin, en forma de viñetas numeradas como en esta carta, desde el desayuno hasta la hora de dormir?

Y sí, hay muchos días que contienen grandes momentos, una cena con buena conversación, un baño de olas al atardecer, pero lo cierto es que eso no son días completos, son solo momentos perfectos de un día que tuvo otros momentos que ya no recuerdo, y lo que esta carta me está preguntando es cuántos días han sido memorables desde que abrí los ojos hasta que me quedé dormido.

No es la primera vez que me hago la pregunta, Handke tiene un breve ensayo sobre el día logrado, ya te lo mencioné antes. Me lo compré cuando le dieron el Nobel porque no había leído nada suyo y este era el libro más corto de todos sus libros, y aun así pensé que no sería capaz de leerlo entero, y que pronto formaría parte de la pila de libros que se acumula sobre mi mesilla de noche y amenaza con matarme sepultado, y sin embargo lo devoré en una tarde. Es el mismo ensayo en que habla del *kairós*, el instante propicio, que era la medida del tiempo en que los antiguos griegos buscaban la realización. Después de los griegos, dice Handke, vinieron los cristianos, y ampliaron la medida del tiempo en que una persona debe buscar la realización, y esa nueva medida era exactamente lo contrario del instante: el logro al que se aspiraba era nada menos que la eternidad, el cristiano buscaba la realización tras la muerte, fuera de este mundo, en la eternidad. Luego con la Ilustración, la medida del tiempo logrado pasó a ser la medida de lo humano, que es la vida, y debía de ser una buena vida, una vida lograda, una vida racional, kantiana, bien vivida, con buenos hábitos, buenos propósitos, buenos fines, buenos medios.

Nosotros, en este tiempo, según Handke, ya solo aspiramos a tener un buen día, un día logrado entre tantos días inútiles y olvidables. Me gustó la teoría de Handke, se la compro. Yo no aspiro a otra cosa al cabo de la semana, o incluso del mes, la estación, el año, que a tener un buen día en algún momento, o un buen momento al cabo del día. Durante el año invierto mucho tiempo, imaginación y dinero en procurarme quince o veinte días buenos, no perfectos, pero excitantes, excesivos y cargados de grandes promesas.

Me viene ahora a la cabeza una ópera en Palermo hace un mes, un fin de semana de esquí en Austria, una escapada a un famoso asador en el País Vasco. Todos son planes costosos, elaborados, extraordinarios. La perfección no alcanza nunca a cada una de las viñetas que componen la acción del día, como en la carta de Bill. La ópera de Palermo fue maravillosa, pero la comida previa se hizo larga, Paula y yo no teníamos demasiada plática, ella estaba agobiada por algo de la fundación para la que trabaja que no podía resolver desde ahí, estuvimos de acuerdo en que la pasta no llegó suficientemente caliente, estaba algo seca, rallaron trufa blanca y no sabía más que a eso, y luego nos cobraron demasiado. No fue perfecto, porque no era lo que anticipábamos que sería. Hubo una decepción profunda en el ecuador de ese día, pero luego la música en la majestuosidad de ese teatro enorme lo cambió todo. Salimos ebrios de toda esa belleza, conmovidos por lo que habíamos visto, por lo que habíamos oído, nos fuimos a beber unas copas y a picar algo, yo quería emborracharme, quería perder la cabeza, decir tonterías, y sobre todo quería que Paula se emborrachara, y dijera tonterías, pero ella decía que le había sentado mal la comida, que le repetía, tenía la burrata todavía en la tripa, como una bola de lana, pidió un vino, no se lo terminó, miró su teléfono, suspiró, le dije que lo apagara y me hizo caso, después pidió un agua con gas, caminamos junto al mar, se quedó dormida al llegar al hotel, me dio un beso de buenas noches como el que recibo de mis hijos cuando los voy a acostar. Yo me abrí una botella de champán solo en la terraza, escuchando la brisa agitar las palmeras, atrapando de vez en cuando el perfume de azahar de un limonero oculto en la oscuridad del jardín, mirando el reflejo de la luna en el agua, y diciéndome a mí mismo que todo es perfecto, que por fin he cumplido mi ridícula y sonrojante fantasía siciliana, estoy en una escena silenciosa de una película de Visconti, soy ya un personaje de Lampedusa que vuelve de la ópera, y contempla solo en la noche el golfo de Palermo desde la terraza de un palacio sobre el mar, y después de beberme media botella, dejo de poder oler el mar y el limonero, por mucho que lo busque, me llega un aroma de ambientador de hotel y entiendo por fin que no soy yo el que está aquí, sino una imitación no ya del personaje de la novela, o siquiera del actor que le da vida en la película, sino del modelo del póster de la agencia de viajes. Soy un turista exigiendo que le den aquello por lo que ha pagado, y descubriendo que lo único que uno puede comprar es una vista del escenario, pero uno no llega a formar parte de ese escenario, no llega a ser nada en él, no hay ninguna obra que se esté representando, nada ocurre, o lo que es más terrible, yo estoy en mi propia obra y Paula está en la suya, no hay derrotas ni victorias, solo dos monólogos.

Hubo grandes momentos, pero no alcanzamos el día perfecto, por mucho que ahorramos para él y por mucho que lo planificamos, no estuvimos en ese día de la manera en que lo está Bill en el suyo cuando Meta le saca a raquetazos de esa mesa de ping-pong, ni como Lou Reed cuando está dando de comer a una cabra en el zoo después de tirarse en el parque, y beberse una sangría seguramente impotable. Y es ahora, al ver esta carta, que cuento los días que pasé contigo, siete en total, y se me aparecen como días que podría dibujar, días perfectos, días no solo memorables, sino memorizados, que podrían engendrar fácilmente un *morning paper*, como el de Faulkner. Qué gran ejercicio para un periodista, escribir y dibujar un periódico que llega tarde, que quizás nunca te entreguen, y con noticias que ya no lo son. Pongámosle como banda sonora a este reportaje gráfico la canción de Héctor Lavoe:

> *Tu amor es un periódico de ayer*
> *Que nadie más procura ya leer*
> *Sensacional cuando nació en la madrugada*
> *A medio día ya noticia confirmada*
> *Y en la tarde materia olvidada*
> *Tu amor es un periódico de ayer.*

He elegido el tercer día de nuestro encuentro del año pasado para este ejercicio de dibujo. Siempre me ha gustado hacer dibujitos en los márgenes de los cuadernos, pero creo que no he hecho un ejercicio serio de dibujo desde el colegio. Compensaré mi torpeza con un poco de texto. Ahí te va mi reportaje del día perfecto.

1

No creo que durmiera más de tres horas, pero salí de la cama fresco como si hubiera dormido ocho. Abrí los ojos en medio de la noche y me resultó tan incomprensible, tan irreal que siguieras allí a mi lado, que no pude volver a conciliar el sueño. Me pasó lo mismo cada noche que dormí contigo. Te observaba siempre con la misma incredulidad, sigue aquí, me decía, sigo aquí. Te escuchaba respirar, te agarraba la mano, te acariciaba el pelo, y la felicidad inmensa que sentía a veces cedía a un pequeño instante de pánico, ¿serías la misma de ayer al despertarte? La oscuridad velaba tu cara, creía ver un gesto sereno en ella pero no entraba suficiente luz. El despertar es una prueba de fuego siempre, quién sabe qué visiones tendrás en tus sueños, pensaba, qué culpas empezarán a hablarte al oído, qué miedos te agitarán. Uno sabe ya desde hace años que quien despierta a tu lado no vuelve a la vida siendo la misma persona que se despidió a las puertas del sueño, todo ha cambiado de repente, no queda nada de la despreocupación con la que se acostó desnuda, abrazada, aletargada por el placer. Y antes de que ese pensamiento se asentara en mi ánimo, procuraba ahuyentarlo diciéndome que no había razón para temer nada, otro día entero contigo estaba a punto de entrar por la ventana, cargado de posibilidades, trataba de vislumbrar tu cuerpo envuelto en sombras, la poca luz a través de la ventana apenas dibujaba el contorno de tus pechos. En la cálida penumbra del cuarto estaban suspendidos el fresco olor de tu cuerpo, tu perfume, mi propio olor. En la pantalla negra de esa oscuridad iban tomando forma todos los deseos que pretendía perseguir en ese día que estaba a punto de amanecer. ¿Cómo iba a poder volver a dormir? Quería ver tu cuerpo emergiendo de las sombras. Esperé a la primera luz, que era pálida y azul, una luz difusa que solo era capaz de dar cierto volumen a lo que antes era una confusa silueta sobre la cama, una luz que no revelaba aún los colores de tu piel, de tu pelo, los cientos de pecas y lunares que te cubren seguían confundiéndose en una gran mancha azul que iba cobrando tu forma. Luego llegó una luz naranja, líquida, que se iba derramando sobre las paredes de la habitación, marcando fuertes contrastes entre sombras negras proyectadas y rayos de luz. Esa luz naranja te empezó a bañar las piernas, el vientre, tus pechos, que como una colina al amanecer, estaban divididos en dos laderas, la solana encendida casi como un fuego, y la umbría saturada de oscuridad, tu rostro estaba aún en sombra y tu pelo oscuro brillaba con el primer rayo de sol. Pensé en hacerte una foto, en robarte una foto de ese instante, me costó bastante resistirme a esa indignidad, pero al final resolví quedarme a mirarte hasta que esa foto me habitara. Pasados unos minutos, quizás media hora, una hora, no sé cuánto tiempo, la luz ya se hizo blanca y aparecieron todas tus pecas, y por fin tu cara: sonreías, habías abierto los ojos. Buenos días, me susurraste de muy buen humor, y antes de que pudiera decirte nada te abalanzaste torpemente sobre mí y me besaste, mordiéndome los labios hasta hacerme daño, casi me asustaste, luego empezaste a reír a carcajadas, soy el pinche chupacabras, me dijiste arañándome la espalda. Ahí se extinguieron todas mis preocupaciones nocturnas y supe que todo podría ser perfecto ese día.

Costaba salir de tu habitación del hotel. En realidad no era una habitación, sino los confines de nuestra breve intimidad. Un espacio emocional en que cualquier cosa se podía confesar, cualquier deseo podía expresarse, todo se podía imaginar, toda caricia era válida, un lugar efímero en el que siempre nos desnudábamos al entrar y en el que a la vez siempre seguíamos desnudándonos más y más: no bastaba con mostrar la piel, había que enseñarlo todo, contarlo todo, no dejar ningún cajón sin abrir, ninguna oscuridad sin palpar. Ese espacio de intimidad era tan frágil, tan vulnerable, bastaba la mirada cotilla —chismosa, dirías tú— de cualquier miserable para transformarlo en la escena de un crimen, en un pozo de culpas. Bastaba que el ojo de un distante conocido perforara la membrana de ese espacio, para sentir sobre nosotros miles de ojos imaginándonos como el ojo de ese conocido dice habernos visto, y empezar a escuchar el murmullo de los rumores.

Abrir la puerta de tu habitación nos daba una mezcla de terror y de audacia, lo hacíamos con el sigilo de un ninja. En esa misma planta se alojaba otro profesor de tu seminario, era un poblano triste con gafas redondas y barba sin bigote, con aspecto de pederasta, dijiste, un *creep*, esa barba de *amish* es claro indicio de todo tipo de inclinaciones parafílicas, afirmabas con total impunidad. Le conocías de algún acto o alguna cena, no sabías bien de qué, pero él ya te había dejado claro que teníais varios amigos en común, se había encargado de hacer todas las conexiones, te había pedido amistad en Instagram, había tomado nota de todos los contactos compartidos, te insistía en ir a tomar algo después de la clase. Ese era el ojo que te daba miedo, y a la vez te divertía esconderte de él, lo vivías como un juego. Yo tenía un miedo mayor, y no era ningún juego: tres habitaciones más allá de la tuya, en la 418, acechaba mi némesis, esa gorda con la que compartí mesa en el periódico regional donde empecé a trabajar. La tipa nunca se perdía ningún sarao de periodistas, y menos el congreso en Austin, vivía para esas cosas. A ti te fascinaba su aspecto insólito, la altanería con la que ostentaba su obesidad con esas prendas ceñidas de colores estridentes, el tamaño de sus pendientes, que eran esculturas móviles que le deformaban la oreja como a un Buda. Notaste desde el principio cómo la evitaba y cuando al fin te confesé de qué la conocía, te hice inmensamente feliz con la sordidez de aquella historia, me la hacías repetir todo el rato, te ahogabas de risa. Y después de haberla oído, me torturabas cada vez que te quería dar un beso por la calle diciéndome, ¡cuidado, por allá va la gorda! Y yo te soltaba inmediatamente, con el corazón a punto de reventarme.

Tú te has ido ya para siempre, pero a ella no me la quito de encima: pensé que nunca volveríamos a trabajar juntos, pero la acaban de contratar de redactora para temas digitales y nuevas tecnologías en mi periódico, viene de hacer crítica televisiva y crónica social en una revista, y antes de eso, cuando me sentaba a dos metros de ella en el periódico de Santander donde empezamos, escribía consejos de vida saludable, a pesar de que ya entonces estaba gorda como un cerdo y fumaba un paquete al día. Eran los tiempos en que no había redes sociales y los lectores no podían buscar en internet fotos de la experta que les explicaba desde las páginas de relleno cómo vivir mejor y si te mata antes la margarina o la mantequilla. Hubiera bastado que se filtrara su foto desayunando bollería industrial, con cigarrillos y Coca-Cola, para que el periódico tuviera que suprimir la sección entera en una crisis insalvable de descrédito. Ya te conté que la tipa estaba obsesionada conmigo (qué engreído eres, me decías), y pienso que lo sigue estando —es la primera persona que me da *like* a cualquier cosa que comparto, la primera que me ve un *story*, a veces pienso que su *like* llega antes incluso de que yo publique un contenido.

Pero tú lo que quieres es que te vuelva a contar mi derrota frente a ella, eso es lo que te hacía reír, a saber, que la tipa me folló en el cuarto de baño de un karaoke, hace mil años, en una fiesta de Navidad de empresa en la que estaba tan perjudicado que acabé vomitando en un taxi. Cada vez que escucho la canción de Edith Piaf *Non, je ne regrette rien*, no puedo evitar acordarme de las cosas de las que me arrepiento en esta vida, y lo primero que siempre me viene a la cabeza es lo poco que recuerdo de aquella decadente escena. Desde ese día siempre me ha mirado con una sonrisa pícara y algo impertinente, en la que leo todo tipo de frases que jamás me ha dicho con palabras, pero que no ha dejado de repetirme con sus ojos: yo conozco tu secreto, tú que vas de guapo inalcanzable, que en tu Instagram exhibes la belleza de tu mujer y de tus hijos como un triunfo, que me saludas con racanería, que no me concedes más que un arqueo de cejas si no puedes evitar cruzarte conmigo, que ni me sigues en redes sociales por muchos comentarios que haga yo en las tuyas, oh tú, sí, tú, el mismo que cantó a dúo conmigo una canción de Rocío Jurado pasando un brazo por mis hombros, al que me follé sentado en un retrete sucio, rodeado de orines, en una fiesta de empresa, con la gente aporreando la puerta, el que me chupó la papada e hizo apnea buceando entre mis tetas y recogió con las cejas las perlas de sudor de mi canalillo. Yo conozco tu secreto, sí. Y lo sabes.

Nos pasamos tantos viajes en metro, tantas visitas al gimnasio, tantas cenas en restaurantes, tantos paseos estivales reteniendo en nuestra imaginación encuentros fugaces con personas desconocidas que pasan ante nosotros, elaborando durante unos segundos una fantasía con ellas hasta que sus rasgos se nos desvanecen como se olvida un sueño al despertar, y al final lo único que nos llega a pasar es un episodio alcoholizado de sexo oportunista en un rincón maloliente con alguien que preferiríamos no volver a ver, y que estamos condenados a volver a ver una y otra vez. Y de repente llega el día en que por fin la fantasía se cumple, y por un momento escapamos del tedio de nuestra vida, alcanzamos a vivir algo pleno, bello, hasta que comprobamos que al lado, en la 418, está el recuerdo de nuestra peor miseria y ese ojo que no deja nunca de aparecerse en cualquier lugar para decirnos: conozco tu secreto.

Me aterraba salir de tu cuarto y encontrármela, entrando o saliendo del suyo, regalarle el placer de conocer otro secreto más sobre mí, darle así nuevo lustre al brillo impertinente de esa sonrisa con la que responde a mi esquivo arqueo de cejas. Esa mañana te pedí que asomaras la cabeza al pasillo para ver si podía volver a mi cuarto, y tú con cara de susto me decías, está allá fuera, y luego empezabas a reír como una loca, y me pediste que te cantara a ti también la canción de Rocío Jurado.

2

Tú tomabas yogur con fruta y mirabas con enfado como yo devoraba mi plato de eso que los gringos llaman *breakfast taco* y a lo que tú sigues negándote a llamar taco, con esa misma intransigencia con que los ultraderechistas se niegan a llamar matrimonio a la unión de dos hombres. Pero a mí me hace feliz ese rollo repleto de huevo revuelto con queso, jalapeños, frijoles y todo lo que le quepa. Vengo de un país donde siento que se come y se cena mejor que en ningún otro, pero el desayuno siempre ha sido un páramo de galletas con leche, de pan con mantequilla y café de puchero, una tristeza de la que uno solo podía reponerse escabulléndose del trabajo a las once para tomarse un sándwich, un churro o un pincho de tortilla.

El problema, Camila, es comparar. No se debe comparar jamás, solo se compara para elegir, para establecer la superioridad de una cosa sobre la otra. La comparación siempre compromete el disfrute de las cosas, la capacidad de apreciarlas por lo que son y en el momento en que nos llegan. Evito comparar el *breakfast taco* con los tacos que he probado más de una vez en tu país y que tú invocas cada vez que llamo taco al *breakfast taco*, porque si comparara me hubiera sabido peor ese desayuno que tanto disfrutaba a tu lado. Tampoco comparé a la esforzada banda local que nos tocaba *You Ain't Goin' Nowhere* en el White Horse con la versión en directo de The Band, que es la versión con la que me aprendí esa canción hace casi treinta años, no quería medir una versión contra la otra y encontrar las deficiencias e insuficiencias de aquella que en aquel momento me hacía bailar agarrado a ti. Igual que evito compararte con Paula, y que espero que tú evites compararme con tu marido, ese que ahora estará paseando contigo por ahí fuera y con el que espero no toparme, por no compararme yo tampoco con él.

Esto me lo enseñó en Nueva York un paisano tuyo, un escritor al que entrevisté hace mucho y del que me hice amigo instantáneamente, el tipo se emborrachó durante la entrevista, quería tener compañía en su borrachera y me arrastró al extinto restaurante Don Quixote que había debajo del Chelsea Hotel, y que era una especie de parodia involuntaria de todo lo *typical Spanish*, Quijotes, flamencas, molinos, toros... El menú ofrecía una irreconocible paella elaborada por pinches mexicanos y boricuas, al mando de jefes de cocina de Oklahoma, ninguno de los cuales habría pisado España jamás, o quizás sí. Yo traté de llevarle a cualquier otro sitio, no lo conseguí, luego intenté negarme a pedir esa paella y esos calamares, alegando que inevitablemente todo me iba a saber a mierda, y aquel chilango me agarró del cuello de la camisa y me hizo ordenar media carta de supuestos platos típicos de España, después me dijo que mi gran error era comparar, que todo aquel restaurante era una pura fantasía, inspirada felizmente en los tópicos de una España soñada, y que la comida que ahí se servía era también una fantasía inspirada en lo que se comía en España, conservaban los nombres de los platos españoles, se servían en cazuelas de barro, pero poco más, allí era todo fantasía, igual que la *Carmen* de Bizet es una fantasía de lo español cantada para franceses, el *Romeo* de Shakespeare una fantasía de lo veronés escrita para ingleses, y el *Scarface* de Al Pacino una fantasía de lo cubano rodada para gringos, y todo ello era maravilloso, disfruta de esta fantasía y no lo compares con la paella que hace tu tío el domingo. Y a partir de ahí dejé de comparar y disfruté de la cena, aunque quizás todo fuera en realidad porque me puse a su nivel de alcohol en menos de una hora y ya me dio igual todo lo que entrara en mi boca.

No compares. Me lo repito todo el rato desde esa noche, soy más feliz cuando lo logro, pero no siempre funciona. Para evitar comparar es preciso tener acceso a —o poseer— las dos cosas que uno podría comparar, un disco de los Rolling y otro de los Faces, una Triumph y una Harley, un sol de otoño y un sol de primavera. Ahora que entiendo que no volveré a verte más, y que ya no puedo tener dos cosas a la vez, me aterra pensar todo lo que podría empezar a comparar.

3

En la televisión en abierto llaman «el minuto de oro» al pico de audiencia de la jornada, que suele corresponder al momento álgido del programa más popular del *prime time*. Antes de que llegaran las plataformas de contenidos, todas las mañanas observaba los datos de audiencia y me fijaba en el minuto de oro del día. Me resultaba fascinante: la confesión de una infidelidad de un famoso en un programa rosa, un gol de la selección, la expulsión de un aspirante a cantante en un *talent show,* la escena en que tras cien desencuentros, por fin se besan el chico y la chica en una serie. Pienso a menudo en el minuto de oro de mi día, de mi verano, de mi fin de semana. Se lo pregunto a mis hijos a la vuelta de cada excursión, de cada viaje, de cada episodio presuntamente memorable de sus vidas: cuál fue vuestro minuto de oro. No suelen tenerlo claro, les cuesta mucho decidirse por uno. Entonces se lo pongo más fácil, les digo que seleccionen tres o cuatro candidatos a minuto de oro, y de esa manera empiezan a rememorar sus grandes momentos, a transformarlos en narraciones. Ahora incluso son ellos los que me preguntan a mí, tras cada viaje, cada festividad, cada excursión, cuál ha sido mi minuto de oro.

Confieso que si me pregunto a mí mismo, diría que probablemente fuera el paseo matinal sobre el Lady Bird Lake. Caminábamos por la orilla, buscando un kayak o algo similar que alquilar, porque tú te empeñabas en que los enamorados deben remar por un lago apacible, en primavera, que necesitabas esa tópica escena para completar tu álbum mental de recuerdos románticos. Un barquito de remos, me decías, es un vehículo desesperantemente lento, es esforzado, aburrido, solo se convierte en una experiencia deseable si la compartes con alguien al que amas, ofrece la posibilidad de estar aislados, flotando sin prisa, mecidos por el agua: qué mejor manera de estar una mañana juntos. Te vino a la cabeza esa breve canción infantil que me recordaste cantando *Row, row, row your boat, gently down the stream, merrily, merrily, merrily, life is but a dream*. En realidad no tiene nada de canción infantil, decías. A quién se le ocurre enseñarle a un niño que la vida no es más que un sueño, decías. Y discutimos si se trataba de un buen consejo, o de un consejo cruel, y solo convinimos en que claramente era la canción para esa mañana.

Cuando llegamos al alquiler de embarcaciones y viste

entre canoas y kayaks el pedaló con forma de cisne, la cara se te iluminó, te hizo reír su aspecto ridículo, ¡No es posible!, gritaste, ¡la barca de Lohengrin! ¡Acá, en Texas! Me agarraste fuerte del brazo, me llevaste hasta ella y me dijiste con gran excitación que teníamos que ir en aquel cisne, que no podíamos plantearnos ningún otro tipo de embarcación, y antes de montarnos ya empezaste a explicarme qué cosa era un cisne, ese santo patrón de los cursis y grandilocuentes, que lo mismo es símbolo de la monogamia como de un lujurioso Zeus que se disfraza para seducir a la reina Leda a espaldas de su marido, y me contaste la historia de Lohengrin, asombrada de que no tuviera ni idea de la leyenda del caballero del cisne, y de que ni me hubiera interesado por escuchar la insufrible ópera de Wagner, me contaste que Lohengrin era un caballero que aparece un día en una barca igualita a ese pedaló, tirada por un cisne, para pelear por Elsa, una dama en apuros, a la que enamora y con la que se quedará a cambio de que no le pregunte su nombre ni su origen, y todos ellos podríamos ser nosotros por un rato en cuanto nos subiéramos a ese pedaló: Lohengrin, Leda, Zeus, Elsa. Yo disfrutaba embobado de tus elaboradas disertaciones sobre cualquier cosa con la que nos topáramos, pequeña o grande, sobre un taco, un pedaló con forma de cisne, un obeso que pasa sobre un Segway... Era feliz cada vez que me hacías imaginar lo que yo no era capaz de ver en las cosas que teníamos delante, la realidad se ensanchaba, se me hacía más profunda y yo podía ser tantas cosas nuevas para ti y tú para mí.

Alquilamos el pedaló y flotamos hacia las orillas frondosas y apartadas, nos cruzamos con aficionados a la pesca y con esforzados remeros, hasta hallar un escondite en un recodo del río, bajo la sombra de unos árboles que extendían sus ramas como toldos sobre el agua, allí te empecé a besar bajo la mirada amarilla de los zanates, me agarraste la mano y con disimulo me la llevaste a tu entrepierna, y pude observar cómo el placer se iba dibujando discretamente en tu cara, cómo tratabas de disimular el gesto, hasta que se volvía una mueca incontrolable, cerrabas los ojos y te mordías los labios, entre las alas de plástico de aquel cisne. Qué estampa. Estabas temerariamente abierta al placer en cualquier lugar, a cualquier hora, de cualquier manera, *in the mood*, pero nada fue más bizarro que esa escena sobre un cisne de plástico, esa versión tejana de Leda en hidropedal, que me visita si me masturbo y que si evoco me hace masturbarme, y así será durante años y años, porque en lo que nos queda de vida, cuántas escenas pueden ya producirse que enraícen para siempre en nuestra imaginación, como un árbol del que siempre brota la fruta del deseo.

4

En este dibujo estoy yo haciendo tiempo en mi congreso de periodismo digital, mandando algún tuit medianamente inteligente que me sirva de coartada y que testimonie el inmenso interés con el que volví a asistir al evento por segundo año consecutivo. En realidad trato de sobrevivir a la inmensa angustia de separación que siento mientras tú impartes tu clase de arquitectura mexicana contemporánea en tu seminario. Estoy pensando que debe ser divertida tu clase, incluso si solo hablas de tuercas, tornillos y materiales de construcción, sabes contar historias, no te veo aburriendo a nadie. A ratos siento enormes celos de tus alumnos, que me están robando tres horas de ti, que ni siquiera entienden el valor de una hora contigo. Te estoy escribiendo coplillas eróticas, sicalípticas, celebrando tus tetas pecosas, tu carcajada, tus olores, anunciándote todo lo que pensaba hacerte en cuanto te recuperara.

En algún momento de mi vida, quise haber sido poeta. Me faltó valor, me faltó dedicación, y probablemente talento —si es que el talento es algo diferente a una combinación de valor y dedicación. Escribir no se me daba mal, eso lo sabía desde que era adolescente, y sabía también que los que más cerca están de tocar el cielo de entre quienes escriben son los poetas, pero en general los poetas no llegan a tocar más que aire y yo quería tener motos bonitas, hijos, cenar en restaurantes, viajar, no ser un mantenido. Por lo visto, he querido esas cosas con más pasión que a la poesía, por eso ahora soy periodista, que es el nivel más bajo y prescindible de cuantos trabajamos escribiendo, y ha llegado un momento en que tampoco me da para muchas cenas, ni para muchos viajes, y cada vez soy más mantenido de mi mujer, y ni siquiera tengo la satisfacción vanidosa e inútil de que lo que escriba vaya a prevalecer. Te digo que perdí la oportunidad de darle la vuelta a mi vida cuando borré todas esas coplas calenturientas que te mandaba mientras esperaba a que terminara tu clase para reunirme contigo, podría haber llenado un libro con ellas. Me venían casi automáticamente, no me censuraba nunca porque tú misma celebrabas las más brutales, todo lo soez te hacía reír a carcajadas, me pedías más y peor, inmundas a poder ser, y en cuanto nos reencontrábamos me hacías recitártelas porque según decías la experiencia no era completa hasta oírlas con ese acento castellano tan solemne, y cuando ya te las había repetido tres o cuatro veces, las borrabas para siempre y me pedías que hiciera lo mismo. Era mejor hacerlas desaparecer, decías, esos versos te parecían un delito muy superior a una infidelidad, en ellos se deducía mi conocimiento exhaustivo de cada centímetro de tu cuerpo, en ellos se infería la absoluta falta de límites de tu deseo, pero lo más terrible era comprobar que aquellas coplas eran el fruto natural de un espacio de humor privado y exclusivo, que como todos los espacios de humor privado se construyen tras largas conversaciones en las que se apuntalan las complicidades entre almas.

Te iba mandando mis coplas una detrás de otra, como quien va apilando leños para una gran hoguera, y las coplas se iban acumulando sin leer en tu móvil, yo no dejaba de esperar la notificación de que todas ellas habían sido vistas, eso significaba que habías vuelto a encender tu móvil, que tu clase había terminado, y esperaba ansioso tu contestación, te llevaba un tiempo leerlas todas, al rato escribías un larguísimo jajajajajajajajajajajajajaja y añadías líneas enteras de emoticonos de caras carcajeándose, caras sonrojadas, una mujer tapándose la cara con las manos y luego me decías, ven a recitármelas ahora mismo.

Iba a traerte un libro de regalo, de hecho te lo compré, pero después de tu mensaje de despedida lo dejé en la biblioteca de casa. Me lo descubrió mi librero de confianza cuando le pedí un libro de poesía erótica. Es un poemario originalmente escrito en sánscrito hace siglos, atribuido a un tal Bilhana. Cuenta la leyenda que el tipo llegó de Cachemira a la corte medieval de un maharajá que le empleó como tutor particular de su única hija. Su cometido era procurarle una sólida formación teórica para hacer de ella una princesa, y las artes amatorias eran por entonces una ciencia importante. Bilhana no tardó en pasar de la teoría a la acción, y ambos se entregaron totalmente al goce de la carne. Los espías de la corte les sorprendieron, y el maharajá condenó a Bilhana a muerte por empalamiento, en una ejecución pública, no era para menos. Para llegar al cadalso había que subir cincuenta escalones, y Bilhana se detuvo en cada uno de ellos y recitó de memoria una poesía. Eran versos de un erotismo salvaje, violento, y a la vez elegante y sentido, llenos de bellas imágenes para componer escenas de un cuerpo que se entrega, que se recupera del sexo, que se prepara para él, no hay nada soez en ellos —decididamente no tienen nada que ver con la vulgaridad de mis coplas. Cada uno de esos cincuenta poemas empezaban más o menos de la misma manera: aún hoy recuerdo como, aún hoy pienso en, aún hoy veo cómo… Por lo visto, cuando terminó de recitar el último poema en el último escalón, el maharajá, maravillado por todo lo que había escuchado, por la sinceridad que desprendían, perdonó al poeta y lo casó con su hija.

Después de leerme el libro entendí que yo en una situación similar hubiera acabado empalado sin remedio alguno, no me da la memoria para recitar más que un par de las coplas que te escribí, y estas además hubieran causado vergüenza ajena entre los asistentes a mi ejecución. Quizás si hubiera sido capaz de memorizarlas, al llegar al cadalso, y tras escuchar cincuenta de mis ridículas coplas, los asistentes se hubieran empezado a reír tan escandalosamente como tú lo hacías con ellas, porque en el fondo, si merecemos algún tipo de indulto o de indulgencia, ha sido por todo lo que nos hemos hecho reír el uno al otro. Hubo más humor que erotismo en lo nuestro.

5

Micklethwait Craft Meats estaba bien situada en todos los rankings de barbacoas de Austin. Ninguna lista la ponía en el top 3, de modo que no tenía la ridícula cola de cuatro horas de Franklin's, pero aun así estaba tan rica que cuesta creer que haya algo mejor. Además el sitio tenía ese punto cutre, abandonado pero acogedor, que uno interpreta como auténtico, a saber, una vieja *roulotte* que parecía el resto de un naufragio, encallada sobre hierbas silvestres que asomaban bajo su panza como el verdín que cubre la quilla de un barco viejo, cuatro mesas de pícnic de madera, con los bancos fijos, corridos, y la sombra abundante de media docena de árboles frondosos en un *cul-de-sac* donde lo residencial limita con el descampado, un rincón que podría haber servido como el escondrijo de un asesino en una película de terror o el refugio lejos de los adultos donde por fin se besan los protagonistas adolescentes de una película *indie*.

La barbacoa texana es la única aportación gastronómica imprescindible de EE. UU. Hay que celebrar esas costillas pegajosas, que se desprendían solas de una carne asada durante dieciocho horas (según nos dijeron) y ese *brisket* que se deshilachaba y era todo grasa, humo, sal y pimienta. La sencillez con la que nos sirvieron ese manjar sobre un trozo de papel de estraza, con unos pepinillos y unas esponjosas rebanadas de pan de molde sin tostar que absorbían todos los jugos, todo ello preparado para comer con unas manos que solo nos dejaron de saber a barbacoa tras una ducha. Allí uno comía donde pudiera, nos apretamos en la mesa de pícnic, codo con codo, con cualquier desconocido con tatuajes en el cuello y la barba hasta el ombligo.

Tú me preguntabas por todos los restaurantes que querías conocer en España, y me hablabas de todos los que yo debía conocer en México, y yo te digo que jamás hubiéramos tenido una comida mejor que aquella barbacoa. Me río de mí mismo cuando pienso lo que he llegado a pagar para que un chef estrella me ofrezca una *experiencia total* que lleva años perfeccionando al milímetro, desde la iluminación hasta la vajilla, y luego llegas casualmente a esta *roulotte* donde la experiencia ha sido rigurosamente descuidada hasta el último detalle, desde la ausencia de iluminación a la ausencia de vajilla, y es precisamente aquí donde uno da ese mordisco en que se produce el olvido de todo lo demás, y obtiene al fin esa experiencia que tanto me ha esquivado en todos esos restaurantes de Madrid, de Cataluña, del País Vasco a los que supuestamente uno no puede dejar de ir antes de morir.

Me pregunto si yendo solo me hubiera sabido igual esa costilla pringosa, o si acaso el placer se amplificó porque estaba contigo, viéndote devorar con las dos manos, chupando las costillas hasta que relucían, exclamando desvergonzadamente mmmms y ooooohs al masticar la grasa del *brisket,* con la salsa manchándote hasta la nariz y las mejillas, pisoteando triunfalmente ese ideal de la cena romántica en una mesita para dos, con *maître,* mantel y candelabro, que tanto terror me produce ahora mismo, por esa obligación a la que le empuja a uno de ser feliz y de hacer de esa cena allí una noche verdaderamente especial, y que casi siempre suele terminar en una derrota absoluta. Lo ves cada vez que entras en un buen restaurante: siempre hay mesas de dos donde parejas de largo recorrido se esfuerzan duramente por encontrar algo de qué hablar, cuando les llega la comida, comentan cada plato todo lo que el plato se deje comentar, pronto vuelve el silencio, luego discuten sobre si pedir una segunda botella y entregarse al alcohol —que es la mejor solución posible, acaso la única— o si contenerse una vez se acabe la primera y de ese modo aceptar tácitamente el silencio. Al final uno paga una cifra absurda por aquella tortura, y vuelve a casa pensando que por fin se ha acabado la farsa, y con suerte echa un polvo que durará siete minutos. El ideal de la cena romántica es una estafa terrible, pero aun así, tratamos de importar de los gringos la noche de San Valentín, que es la noche más triste del año en un restaurante estadounidense.

Nosotros mismos, desde los abominables suplementos de los periódicos, no dejamos de publicar a cada rato el mismo artículo aconsejando una cena romántica de vez en cuando para reavivar la pasión en la pareja. La gorda del 418, que jamás estuvo casada, habrá escrito cincuenta veces ese mismo artículo en cualquiera de los suplementos y secciones de relleno, dando todo tipo de consejos crueles y estériles, porque hasta ella conoce ya el resultado de esas cenas románticas a la luz de una vela. Lo cierto es que nadie sabe qué hacer para reavivar la pasión en la pareja, y además que seguramente sea una pésima idea, el mundo sería otro si la cosa tuviera alguna solución conocida a este problema. Probablemente sería un sitio insoportable, infestado de condones usados, donde todos estaríamos salidos como bonobos y seríamos incapaces de atender a nuestros hijos, de supervisar reactores nucleares, de hacer trasplantes, de colocar los ladrillos nivelados. Como seguramente sabrás mejor que yo, pasión y patología tienen la misma raíz griega, *pathos,* que quiere decir sufrir, de modo que para un antiguo griego lo de reavivar la pasión querría decir reavivar el sufrimiento, que sería a todas luces un comportamiento patológico. Pero lo deseamos con furia, con nostalgia y con la misma impotencia con la que el preso desea salir a la calle, y no está en nuestra mano conseguirlo, no al menos con nuestra pareja, algo tiene que pasarnos para que eso suceda con ella, alguien se nos tiene que morir, nos tienen que despedir, tenemos que enfermar, incendiar nuestra casa, sobrevivir a un accidente, perderlo todo, traicionarnos mutuamente, tomar ayahuasca, éxtasis, tratamientos hormonales, comer con las manos entre gordos barbudos con tatuajes en el cuello, todo ello a la vez, quién sabe. Pero seguro que no sirve una cena romántica.

6

Después de la barbacoa, estábamos otra vez poniendo nuestro peso aumentado sobre ese colchón del hotel que tanto nos costaba abandonar y al que con tanta alegría retornábamos. Los colchones de hotel son objetos sugerentes. Cada vez que me tumbo en uno no puedo evitar pensar en todas las personas antes de mí que han emprendido sobre ellos ese viaje diario de la oscuridad a la luz. Pienso en todos los insomnios, las pesadillas, los llantos, los deseos ardientes y los encuentros sexuales que han soportado. Sin duda, se desea más en los colchones de los hoteles, en ellos uno está lejos de casa, es decir, lejos de la posibilidad de que tus hijos irrumpan en cualquier momento en el cuarto, lejos del deber de hacer el desayuno a tu familia o de tener que recogerlo, lejos de la mirada aburrida de tu pareja que prefiere ver qué nuevos mensajes le han llegado al móvil que decirte buenos días. En ellos uno puede imaginar que se ha amado bien, de hecho el colchón de un hotel es tantas veces la última esperanza de toda pareja desgastada para recuperar un poco de aquello que ya no encuentran en el colchón de su casa. Me pregunto qué diría de nosotros ese colchón si pudiera hablar, ¿habríamos merecido entrar en su agitada historia o seríamos una mera nota al margen?

Yo te propuse cortar un par de pedacitos minúsculos de aquel colchón, como recuerdo y fetiche, pero la cosa te pareció complicada, no teníamos ningún instrumento cortante de precisión y temías que acabara destripando tu colchón si usaba el cuchillo del mueble bar, y luego tener que pagarlo después, y encima, tener que dar explicaciones sobre la causa del incidente.

Conté todos los polvos que echamos, llevaba una cuenta diaria y sentía una necesidad imperiosa de proclamarlo al mundo. Como no tenía a nadie a quien contárselo, te lo terminé contando a ti: el día anterior había batido mi récord diario sobre ese colchón y ese día esperaba batirlo de nuevo. Me miraste con súbito desprecio: pinche Luisito, llevas cuentas de las veces que cogiste como un adolescente, vas pensando en batir récords, como si fueran Olimpiadas y después qué, ¿irás corriendo a contárselo a tus carnales? Me dijiste eso y pensé que ahí se nos torcía todo aquel día, por mi obsesión de llevar las cuentas del placer. Traté de explicártelo, en realidad lo que me asombraba no es la proeza física, sino más bien esa disposición recíproca hacia el contacto continuo, ese tener el cuerpo abierto al otro en todo momento, y ese deseo constante de estar dentro del otro, pegado al otro, piel con piel, boca con boca, mano con mano, pelo con pelo, sin poder dejar de tocarse en público ni en privado. Es un estado de erotismo que había olvidado por completo.

A los apasionados, los esclavos del *pathos*, siempre les he llamado *patéticos,* me gusta interpelarles así: aquí viene el gran patético, cuéntenos algo de su patética aventura, denos envidia a los pobres casados que se arrastran como caracoles por una interminable meseta emocional, háblenos de las cimas, los abismos que ha alcanzado a lomos de un colchón. Y los patéticos, que no hablan, sino que proclaman, cantan la gloria de sus polvos: jamás sobre un colchón se unieron los cuerpos y las mentes con tanta furia, tanta pasión y tanto amor como los de ellos. Son como esos seres demediados que describe Aristófanes en el Banquete de Platón, que buscan su otra mitad y al encontrarla no se pueden ya separar, y morían de hambre y de absoluta inacción, por no hacer nada separados los unos de los otros.

Ellos juegan a otra cosa, no sabes de qué están hablando, es como el que te dice, cuando le preguntas sobre los efectos de una droga o el sabor de un manjar que no hemos probado aún, que no se puede describir con palabras, que hay que experimentarlo. El patético cree que su sexo es tan único y tan especial como cree el padre primerizo que lo es su primer bebé, ambos me provocan el mismo bochorno cuando me hablan de la extrema singularidad de lo suyo.

Los patéticos te miran hasta con lástima, no hablas el lenguaje de la pasión, no eres capaz de entender ni calibrar la importancia de lo que les pasa. Es insoportable. No te creen cuando les señalas los lugares donde acaban todas y cada una de las pasiones que no acaban con la muerte, con el puñal de Julieta o la víbora de Cleopatra. Casi te alegras cuando al cabo de los años les ves llegar a uno de esos finales previsibles, al bebé y la ojera, al curso de bailes de salón con el que se trata de reavivar el fuego primigenio, a la escapada romántica, a la silenciosa mesa de dos en un restaurante de postín. Hay un poema de Yeats, *Ephemera*, que lo cuenta de la manera más cursi y tremebunda, haciendo un uso efectista de las imágenes más descaradamente otoñales y patéticas. Se lo envío cruelmente a todo aquel que, convencido de la inmortalidad del sentimiento que le consume, me abrasa la oreja con el relato de su pasión:

«Tus ojos, que antes no se cansaban nunca de los míos,
inclinan la vista bajo tus párpados caídos
porque nuestro amor se agota».

Y ella responde:
«Aunque nuestro amor se esté agotando,
volvamos a la solitaria orilla del lago,
pasemos juntos esta hora tranquila
en que la pasión, pobre cría cansada, cae dormida.
¡Qué lejanas parecen las estrellas,
y qué lejos queda nuestro primer beso,
ah, qué viejo siento mi corazón!».

*Pensativos, vagan entre las hojas descoloridas,
mientras que lentamente, él que agarra su mano, contesta:
«La Pasión ha desgastado nuestros corazones peregrinos».*

*El bosque los rodea, y las hojas amarillas
caían en la penumbra como tenues estrellas fugaces,
una vieja liebre cojeó por el sendero,
sobre ella se cierne el otoño: y ahora se detienen
a la orilla solitaria del lago una vez más:
volviéndose, él vio que sobre su pecho y su cabello
ella había arrojado hojas muertas,
recogidas en silencio, húmedas como sus ojos.*

*«No te lamentes», dijo él,
«estamos fatigados porque otros amores nos esperan,
odiemos y amemos a través del tiempo impertérrito,
ante nosotros descansa la eternidad, nuestras almas
son amor y una despedida continua».*

Pero cuando era yo el que estaba amándote a la hora de la siesta en el mismo colchón donde me había despertado amando y donde esperaba acostarme amando, y no era ya más que un instrumento de la naturaleza, qué poco me diferenciaba ya de todos aquellos patéticos a los que siempre he despreciado. Por fin hablaba su idioma, por fin los comprendía, y sin embargo todos ellos me parecían impostores a mi lado, pues en esos momentos solo existe una verdad, que es la propia y que no puede convivir con ninguna otra. Que se lo pregunten a ese colchón, que de poder hablar, no hubiera sabido contar una historia mejor que la que tú y yo estábamos haciendo sobre él. El colchón nos aplaudía, sí, y se decía a sí mismo que jamás sería testigo de nada igual, ni él ni ningún otro colchón de aquel hotel, de la tierra entera. Yo era al fin el más deplorable de los patéticos.

Uno ve a una persona anoréxica y no puede entender cómo puede verse gorda en el espejo, si a la vista está que no es más que un saco de huesos. Jamás me podría ocurrir algo así, me decía, una distorsión tan radical de mi autopercepción. Pero el apasionado no es muy diferente en su egoísmo: cuando pone su vida en el espejo no ve ya su casa, ni sus hijos, ni su pareja, ni su trabajo. Por eso es capaz de jugarse todo lo que tiene en la vida, hijos, casa, pareja, por satisfacer la imperiosa necesidad de mandar un whatsapp erótico-cariñoso a las tres de la mañana a una persona que solo conoce desde hace siete días y que probablemente acabará odiando en el momento en que lo pierda todo por ella. Así soy yo ahora, esto es en lo que me ha convertido esta pasión, y lo peor de todo es que no quiero curarme, porque vivir sin pasión no me parece ya vivir, sino meramente estar de paso, contando los días, esperando a que ocurra algo, a que llegue el viernes, el verano, a que me den un reportaje en una ciudad exótica, a que Paula esté de buen humor, a que mi hijo marque un gol el sábado por la mañana, a que Carmen me pida que le haga cosquillas, a que me llame un amigo para ir a cenar, a que me llame cualquiera para decirme que algo ha pasado, que ha muerto alguien, que alguien se ha escapado con alguien, que a alguien le han echado de casa.

Voy a echar de menos esos días contigo, esos siete días de los últimos años, en que cada segundo estaba lleno de sí mismo, en que solo lo que estaba ocurriéndonos era lo esperado, y me bastaba, me hacía olvidar lo que vendría en una hora, en una semana, en un año, en la vida entera, no había otro mundo que aquel que estaba frente a mis ojos.

7

Es importante el disfraz. La etiqueta. Te permite ser otro, prepara para la ocasión, la distingue, nos da la oportunidad de elaborar un ritual, solemnizar un día cualquiera, convertirlo en un tiempo especial, nos hace hablar de otro modo, movernos con nuevos movimientos, acceder a la posibilidad de otro yo. Odio con una inquina profunda a esas personas que desprecian los trajes, las corbatas, la sotana, la mitra, el esmoquin, y que se visten igual en todas las situaciones para insistir en su campechanía, en su autenticidad. España está llena de una nueva generación de políticos que han hecho de los tejanos y la camisa de cuadros un uniforme para todas las ocasiones, el mensaje es: yo soy como vosotros, no me disfrazo, soy siempre igual, soy auténtico, no me elevo sobre la plebe con una corbata. No han entendido nada, son solo auténticos en su imbecilidad. Hay que disfrazarse en cuanto uno vea llegar la ocasión, transitar de un yo a un otro yo, hasta hallar el yo preciso para la ocasión, para hacer de la ocasión todo lo que la ocasión puede llegar a ser. El hábito hace al monje, es lo imprescindible para que el monje se crea que lo es y actúe como tal. Lo tengo claro desde pequeño, me acuerdo de ir al cuarto de mi hermana mayor cuando había salido y ponerme su ropa interior, una falda, y sentir que era otra persona y ponerme a bailar, a cantar, a posar ante el espejo y ser capaz de moverme y de hablar de otra manera. Me acuerdo también de ponerme el traje de monaguillo de mi primo, y sentir que podía hablar con Dios de tú a tú, y de ponerme el vestido de azafata de Iberia de mi tía un domingo, y de servir café a toda la familia como si estuviéramos volando a Nueva York. Todo empieza con un buen disfraz.

Como todas las noches desde la primera en que nos besamos con tanto miedo, sabíamos que cuando el sol se pusiera iríamos una vez más a bailar two-step al White Horse, fue nuestra única rutina en siete noches. Y esta tarde que te dibujo es aquella en la que por fin decidimos comprarnos nuestro disfraz completo de cowboy, de parroquiano auténtico de un honky tonk. Las botas, la pesada y conspicua hebilla metálica, la camisa bordada, el sombrero, la corbata de bolo. Ser otro, darle un respiro a nuestro yo cansado.

Fuimos a Allens Boots, en South Congress Ave, el *ultimate store* para el cowboy farsante, y nos dedicamos a comprar. Es algo que odio, ir de tiendas y comprar, jamás piso una tienda de ropa si puedo evitarlo. Pero ese día se me antojaba como un gran plan, el mejor plan, despertarse de esa siesta desnudos, con un vaho de olor a sexo atrapado bajo las mantas, ducharse profusamente e ir a por un disfraz de cowboy que hiciera del resto de nuestro día un escenario para nuestra gran comedia romántica. Un santanderino y una chilanga, en la capital de Texas, rigurosamente ataviados con el traje folklórico de los que bailan y viven su vida de cowboys.

No era particularmente barato este disfraz, las botas buenas son caras, los buenos sombreros también, y si añadimos cinturones y camisas, la cosa se pone cerca de los 400 dólares. Los dos sabíamos que iba a ser difícil justificar tamaño dispendio una vez de vuelta en casa. Lo imaginé, tú lo imaginaste también, ese momento en que abrimos la maleta y sacamos el disfraz: amor, me he gastado 350 euros en un conjunto de cowboy auténtico, observa la calidad, merecía su precio. Iba a suponer un problema. Pero no podíamos frenar entonces, nos esperaba el White Horse. No bastaba con un sombrero, solo era el principio del disfraz, había que ir perfectamente vestido. Por un momento se me pasó por la cabeza todas las cosas que podía comprar en Madrid por 350 euros, una tablet para Carmen, varias cenas de fin de semana, el cambio de ruedas de la moto, dos pares de zapatillas de fútbol para mis dos mayores. No había justificación posible para ese derroche. Pero el traje de cowboy era irrenunciable, no podía ir a bailar una vez más two-step contigo en el White Horse sin ir con un auténtico atavío de cowboy. Tú tampoco podías ser mi pareja sin gastarte lo mismo en un traje de cowgirl. Y a los dos nos pasa lo mismo, somos la pata débil de la economía familiar, nuestros cónyuges ganan el doble, el triple o el cuádruple que nosotros, son ellos los que sostienen a la familia, nosotros somos seres privilegiados que hacemos lo que nos da la gana, tú haces planos de edificios fantásticos que rara vez se llegan a construir y yo escribo columnas, a veces inspiradas y a veces forzadas, que raramente tardo una hora en terminar y por las que cada año me pagan peor. ¿Qué derecho tenemos nosotros a derrochar 400 dólares en un disfraz de cowboy para ir a bailar two-step una noche? Oigo la voz de mi padre, me dice desde su tumba que no tengo ningún derecho. Pero yo pienso que aunque no seamos capaces de convertir en dinero nuestro trabajo, seguimos teniendo derecho a este capricho. Yo doy la chispa para que otros tengan algo que discutir en el desayuno, y tú, más que yo, haces que otros puedan soñar en los espacios donde querrían vivir la vida. Hay que sacudirse la culpa, tu marido es banquero, mi mujer directora de una gran fundación cultural, ganan bastante dinero pero no tengo claro que den más que nosotros al mundo. No nos sintamos culpables, esta vida no sería tolerable sin gente como nosotros. Podemos darnos un capricho.

Lo que sí fue reprobable es la excusa con la que al principio pretendimos justificar nuestra compra. Fue nuestro momento de maldad, y no creas que no lo disfruté profundamente por unos instantes. Quizás a tu marido le hubiera valido mi conjunto, pero a Paula, que es más pequeña que tú, le hubiera quedado grande el tuyo. Y aunque le hubiera quedado perfectamente, sería algo abyecto: regalarle la ropa que tú te habías puesto para mí esa noche, decirle que me había gastado 400 dólares para traerle un recuerdo de Texas, para verla vestida de cowgirl, y recordarte a ti esa noche al ver el conjunto. Estuvimos a punto de hacerlo, no pudimos evitar reírnos al pensarlo y a la vez sentirnos culpables. Era una solución innecesariamente cruel. Darle a mi mujer la camisa que se había apretado para contener tus tetas, y más aún darle a tu marido un pantalón en el que un perito de la policía científica habría tardado muy poco en encontrar espermatozoides y sal cristalizada de los sudores de tres horas de two-step. Tú me dijiste que lo hiciéramos, en un arranque tequilero, que así tendrías un incentivo para volver a coger, que no cogíais más que una vez al mes como mucho y que el pobre no sabía ya que inventarse para ponerte *in the mood for love*. El traje de cowboy le iba a parecer una gran idea, y tú sabrías que en tu fantasía no era a un cowboy a quien te tirabas, sino a mí, a él disfrazado de mí disfrazado de cowboy, que se va a bailar con su cowgirl en un honky tonk.

Traté de imaginarme qué habría pasado si me hubiera llevado tu ropa para Paula. Tu marido se habría puesto como loco en el minuto en que sacaras el disfraz usado de tu maleta, ni se le habría pasado por la cabeza otra cosa que no fuera que habías pensado que estaría muy sexy así vestido, que querías echarle imaginación, pero mi mujer no habría actuado igual, habría olido la ropa lo primero de todo, se habría fijado en si viene limpia, planchada, envuelta, habría encontrado pelos, trazas de sudor, de perfume, el hecho de que la talla no fuera la suya le habría puesto el sospechómetro a cien, pensé que podría decirle que era todo de una tienda de segunda mano, pero entonces me diría que cómo me había gastado 350 euros en una ropa de cowgirl que encima ni le queda bien, que le horrorizaba, a saber quién se habría puesto eso.

Y además de todos los riesgos, lo peor de hacer pasar por regalos para nuestras parejas lo que en realidad fue un regalo que nos hicimos a nosotros, era la falta de respeto que ello implicaba. Con eso empezaba el engaño, pensé, en el momento en que metíamos a nuestras parejas dentro de nuestra relación como objetos de una broma perversa que solo nosotros compartíamos, la crueldad empieza cuando el engaño forma parte del disfrute. Porque hasta entonces, no ha habido engaño, no éramos las personas que ellos conocen las que hacían lo que hacemos, habíamos salido fuera de nuestras vidas para vivir esto, fuera incluso de nosotros, todo transcurrió en un no-lugar, en sitios que nunca han pisado, lejos de cualquier mirada conocida, en un tiempo que ya estaba descontado del tiempo que le debemos a otros, no hemos contaminado nada, cada cosa queda en su sitio. Pero viajar de vuelta a nuestras vidas con esas ropas de cowboy para nuestras parejas hubiera sido como cuando el protagonista de *La mosca* se introduce en el teletransportador de partículas con una mosca, y se contamina, y acaba convirtiéndose en un monstruo. Nos hubiéramos terminado odiando por eso. Así que abandoné en el avión mi ropa de cowboy. Llegué a casa y me lamenté como un idiota, dije que había comprado regalos para todos en la tienda de cowboys y que los había olvidado en el avión. Hice como que llamaba a la compañía aérea, y que la compañía me decía que no habían sido capaces de encontrarlo. Fingí tirarme de los pelos. Carmen me dijo que lo que cuenta es la intención, y me dio un beso. No sabía bien la mucha razón que tenía.

Qué fue eso. Un enjambre de murciélagos —literalmente un millón según Wikipedia— saliendo de las huecas entrañas del Congress Avenue Bridge, un insulso puente de hormigón sin valor arquitectónico alguno, hasta oscurecer el cielo del atardecer como una nube negra que sobrevuela el Lady Bird Lake, que descubro ahora también en Wikipedia que es un lago artificial construido en su día para refrigerar una antigua central eléctrica hoy reconvertida en centro comercial, todo un maravilloso *fake*. Contemplar el vuelo vespertino de la mayor colonia urbana de murciélagos sobre el lago era una actividad destacada en cualquier lista de cosas que un visitante no debe perderse en Austin. Desafía toda noción romántica de una atalaya desde la que contemplar la caída del sol sobre el espejo del agua, ese crepúsculo peliculero que ya hemos visto mil veces. Me dijiste que te fascinaba la manera tan desacomplejada con la que Austin, a pesar de su fealdad, su falta de monumentalidad y su escasa historia, es capaz de exhibir con orgullo lo que la hace singular. Contemplabas extasiada la teatralidad de esa gran masa de ratas voladoras con sus pitidos ultrasónicos contra un cielo enrojecido, mariposeando sobre las pick-ups de los texanos que cruzan incesantemente por los seis carriles del ancho puente, sobre los cascos de un grupo de obesos turistas del interior de Texas que hacen su *sightseeing tour* sobre un Segway, sobre nuestros sombreros de cowboy recién comprados ocho manzanas más arriba en Allens Boots.

—Espectacular. En este lugar, la relación de las partes con el todo, del paisaje y el paisanaje, es perfecta, lo voy a contar a la vuelta en mis clases —me explicaste más o menos con estas palabras—. Esto es un gran hallazgo. Todo tiene una coherencia maravillosa, armónica. Uno se va de viaje a Venecia y el divorcio estético irremediable entre la ciudad y esos mismos obesos vestidos en chándal —no recuerdo cómo se dice chándal en mexicano— y haciendo un *sightseeing tour* destruye por completo cualquier fantasía, cualquier aspiración que tuviéramos de buscar el consuelo de la belleza o el escenario perfecto para un amorío. Le pasa a Italia entera, los italianos deberían hacer requerimientos de visado donde se especifique claramente qué prendas son admisibles, y hacer controles en la frontera, requisar gorras de *baseball,* sudaderas, *crocs,* forros polares, nada que tenga una cremallera, y para todo el que carezca de algo bello, facilitarle el alquiler de Valentinos o de Loro Pianas, como requisito para entrar a la ciudad. A la gente de aspecto zafio, con tatuajes feos, piercings innecesarios, peinados y tintes de pelo absurdos, se les haría expulsiones en caliente sin atender a ningún tipo de razones, a algunos incluso se les apalearía. Así quizás se podría uno librar de la inmensa frustración de ver Italia contaminada por el ruido visual que introducen en el paisaje toda esa chusma —nacos, creo que dijiste en tu deriva desacomplejada de fresa chilanga—, que sin embargo resultan perfectos, incluso necesarios, en el Congress Ave Bridge, para que podamos disfrutar plenamente de esa hora en que el cielo se llena de murciélagos y la gente se vuelve en sus descomunales pick-ups a los dramas domésticos de la *American suburbia*.

No fueron esas tus palabras, pero algo así debiste decirme, porque te aplaudí, y aplaudí a esos gordos en Segway, a los murciélagos, aplaudí la manera en que me los diste a ver como elementos armónicos y necesarios en ese paisaje. Me entristece no haber grabado tus discursos, nada me divertía más que cuando observabas algo, cogías carrerilla, alzabas el vuelo con una de tus descripciones y me hacías asomarme a tus ojos para ver el mundo de otra manera. Poca gente es capaz de prestarte su mirada.

Ese fue sin duda nuestro atardecer, allí encontró su máxima expresión el paisaje extraño de nuestro idilio. Ese paisaje está pegado ya a mi recuerdo de ti, pero también está pegado a muchos otros paisajes que nunca veremos juntos, y en los que te he conjurado en cuanto he visto morir una tarde de cielos ardientes, en un rincón sin ruido, desde donde se abre a los ojos un amplio paisaje. En esos lugares donde nunca te veré he hecho desaparecer a todo el mundo tantas veces, he detenido el tiempo, y te he imaginado llegar paseando, desde lejos, tan lejos que al principio eras la silueta distante de una persona que camina, no se sabe si hombre o mujer, y luego vas adquiriendo algo de color mientras te aproximas, se intuye ya que eres una mujer, empieza incluso a parecer que podrías ser tú y no una de las otras siete mil millones de personas en el mundo, es asombroso, me digo a mí mismo, no puede ser posible, pero cuando ya empiezo a tener la certeza de que eres tú, me lleno de felicidad: es ella, es inexplicable pero cierto, me digo mientras aún no estás lo suficientemente cerca como para que pueda leer del todo la expresión de tu cara, que es lo que ocurre en el último tramo que una persona recorre hasta llegar a quien la espera observando cómo se aproxima, y ya a pocos pasos veo la ilusión en tu sonrisa, me fijo en si tus ojos me sostienen la mirada, o si miras al suelo con esa pequeña dosis de timidez e incertidumbre que nos inunda al interrumpir una larga ausencia, y por fin llegas hasta mí, y ya dejo de verte porque estás demasiado cerca, me estás besando. Después del beso, que es muy largo, yo te señalo el paisaje y te enseño los nombres de todo lo que hay en él, el cabo, el cerro, el faro, la playa, la roca que asoma en la marea baja, te lo cuento, te hago saber que ese paisaje forma parte de mi infancia, de mi origen, porque en general, suele ser un paisaje cántabro, es una fantasía recurrente que tengo cuando subo a visitar a mi madre a Santander y me doy una vuelta por los sitios de mis veranos, de mi niñez, allí te traigo constantemente para otro atardecer perfecto, en un paisaje que te ha de parecer parte de mí, con el que quiero mezclarte, contra el que te quiero ver y del que te quiero escuchar hablarme, que me digas qué te pareció, que me lo devuelvas con la ilusión de lo nuevo, que me prestes tu mirada para ver lo que creo que ya conozco.

9

Hoy día toda relación tiene su banda sonora, o aspira a tenerla. Hay canciones que se convierten en el tema principal de esa primera etapa en que el amor se vive aún como una película, nos esmeramos en encontrar esa canción que podamos llamar *nuestra canción,* aquella capaz de atrapar el espíritu de ese tiempo y retenerlo, como una gota de resina sobre la que se posa una mariposa, la atrapa y al cabo de millones de años cristaliza, se hace ámbar translúcido y dentro exhibe para siempre preservada la imagen de esa mariposa como una extraña gema.

Nosotros encontramos la banda sonora cuando después de ver los murciélagos nos fuimos en busca de la mejor hamburguesa de Austin, esa por la que apostamos tras cotejar varias de las listas que aparecen cuando uno busca en internet «Best burger in Austin». La hamburguesa escogida estaba en Casino El Camino, un antro en penumbra, decorado como un templo maya de cartón piedra con sus glifos y monstruos precolombinos, atendido por tipos muy tatuados y con veintisiete piercings repartidos por la cara.

Sobre la barra había una gárgola gótica, y en frente una jukebox grande como un armario, tenía una selección musical variopinta y bastante insólita, y reproducía canciones en modo aleatorio, saltaba esquizofrénicamente de thrash metal a soul, de bebop a psychobilly, pasábamos de Megadeth a Miles Davis y de ahí a The Coasters, luego a Curtis Mayfield, a The Cramps, de Rahsaan Roland Kirk a The Saints... Hay DJs que han sido apuñalados por cambios menos abruptos que los que hacía mecánicamente aquel trasto, pero lo cierto es que todo lo que sonaba era bueno. Los críticos musicales suelen utilizar la expresión *all killer no filler* para hablar de un álbum donde todos los temas son temazos y no hay nada de relleno, y esa jukebox era *all killer no filler*.

Tardamos un rato en adivinar que aquellos armatostes de los que bebían dos tipos en la barra, por medio de unas pajitas del tamaño de una tubería y que parecían cornucopias de las que salían matas de apio enteras, tiras de beicon frito, pepinillos, aceitunas grandes como ciruelas, eran en realidad bloody maries. El vaso era bastante más corto que todas las protuberancias que asomaban por encima del borde. Nos provocó una larga carcajada esa imagen, tú declaraste que era la expresión perfecta de los dos grandes preceptos tejanos: *more is more* y *size matters*. Pedimos uno para los dos, basta una de esas cornucopias para dar de cenar a varios. Era un buen presagio: cómo sería la hamburguesa en aquel lugar si esa era su bebida de aperitivo. El barman multiperforado nos derivó a una ventanilla en la esquina más oscura del antro, allí era donde se pedían las hamburguesas. Parecía la sala de calderas de un viejo barco de vapor. Por la ventanilla se podía ver a dos gordos con camisetas negras pegadas a la piel por el sudor, con los lóbulos de las orejas dilatados por aros enormes, y vigilando unas hamburguesas de gran tamaño que sudaban tan profusamente como ellos, sobre una parrilla de carbones. Pensé que a las almas en el infierno las tratan de la misma manera unos tipos con el mismo aspecto. Encargamos las que incontrovertiblemente han sido las dos mejores hamburguesas de nuestras vidas, y nos dijeron antipáticamente que tardarían lo que tuvieran que tardar —*we don't make no fast food here*. Nos fuimos a beber de la cornucopia junto a la jukebox.

Estábamos en el meollo de nuestra película, me desdoblaba para gozar de mi actuación a la vez que disfrutaba de ser espectador de lo que hacíamos, me esmeraba en representar mi parte y no podía evitar salir de mí mismo para observarme desde fuera con incredulidad, preguntándome cómo podía ser que yo estuviera viviendo eso, en ese sitio, contigo. Me esforzaba por vivirlo sin pensar en que lo estaba viviendo, atendiendo a lo que dice Pessoa: *para ser feliz es preciso no saberlo*. Allí teníamos el escenario, teníamos el vestuario, los actores y ya solo nos faltaba la música. Sacamos unos dólares del bolsillo, hubiera pagado miles si hubiera hecho falta, pero bastaron solo cinco para comprar el temazo que en aquel lugar, en aquel momento, haría de resina donde se posaría ese instante alado, y cristalizaría y nos quedaría para siempre como una joya antigua que nunca pierde su atractivo. Hubo gran discusión sobre los temas —rolas las llamas tú, que es un nombre mucho más bonito— que obrarían ese milagro preservador del ámbar, la selección era excelente pero limitada. Tú escogiste *Cosmic Dancer* de T. Rex, *Let's Get It On* de Marvin Gaye, *Wonderful World* de Sam Cooke, y *Play With Fire* de los Rolling, todas rolas que me encantan, que me sé de memoria y que según escogías ya me causaban ansiedad de querer bailarlas contigo o contra ti, de a cartoncito, como decías, bien agarrados. Yo solo quise escoger una, solo necesitaba una, había visto mi bala de plata en esa jukebox, la rola que sabía que cristalizaría en piedra de ámbar para mí, el *You Don't Know What Love Is*, de Sonny Rollins, y la dejé para el final. Ese era el tema central de mi película. No era especialmente bailable, era una versión instrumental de una canción que tú no conocías entonces, pero ya te lo dije, la escucharás cuando vuelvas a tu casa, en la versión que canta Dinah Washington, y cuando oigas la letra —que te aprenderás de tanto ponerla— entenderás lo resinosa que es, y sabrás lo que estaba lamentando el saxo de Sonny Rollins cuando despega de la melodía y se echa a volar.

Y así fue, a juzgar por el top de canciones del año que te hizo Spotify, donde además pude ver que estaban también las que tú escogiste esa noche. Me alegró saber que has regresado muchas veces a ese día, si es que sabes cómo salir de él, por la ruta de una banda sonora. Yo no tengo una analítica digital de todo lo que he escuchado este año (me aterra la idea de que me hagan una vigilancia musical), ya te he repetido tantas veces con mucho orgullo que soy de los que sigue coleccionando vinilos y montando en motos viejas que arreglo en mi propio garaje —en el fondo dos aficiones esnobs y despreciablemente *hipsters,* que me producen cierto sonrojo ahora que se han vuelto tan comunes, aficiones que me resultan tan molestas en los demás que al ver a alguien con una moto vieja o un vinilo, sueño con quemar el tocadiscos y mis tres motos en una misma pira y autoflagelarme en público pidiendo perdón. Tengo cuatro versiones de esta rola, todas desde hace mucho ya, es una canción que siempre me ha gustado, pero la única razón por la que la tengo tantas veces repetida es porque es un *standard* de jazz, un lugar común del género, una melodía que ha sido y será mil veces versionada, no porque hasta ahora haya significado nada para mí, ha sido siempre una canción deshabitada por recuerdos personales de ningún tipo. Hasta ahora. En el último año te diré que hasta mis hijos se saben ya la letra de la canción, me gritan ¡otra vez no! cada vez que la escucho, y con más razón me lo dirían si supieran que esta canción es el ojo de la cerradura por el que trato de vislumbrar esa otra vida en que su padre no existe, y ellos tampoco, y yo ya no soy yo, ni mi casa es ya mi casa.

Vivo en la ciudad con más bares per cápita del país con más bares per cápita. Con la edad cada vez la presión es más grande para que acepte mi derrota y termine por relacionarme con la gente a través del deporte, de cenas en casas, clubes de lectura, excursiones al campo, talleres de encuadernación, clases de baile y cualquier otra cosa que se le ocurra a mi mujer. Resisto esta doma y, en la medida de lo burguesamente posible, sigo relacionándome —o evitando relacionarme— en los bares. Procuro hacer mis entrevistas en bares. Muchas de mis columnas las empiezo a pergeñar en bares. Bares especializados en oreja y torrezno, bares de taxistas, bares de partida de mus y copas de tubo, marisquerías de barra con suelos llenos de huesos de aceituna, garitos con música, cafés donde solo suena la cafetera, antros licenciosos de espejos, cuero falso y sin ventanas, bares madrugadores de viejos que desayunan anís y juegan a la tragaperras. Cuando viajo por trabajo voy a bares todas las noches, aunque sea solo, especialmente si estoy solo. Me gusta salir solo en ciudades a las que llego por vez primera y observarlas desde los bares. Lo hago con el mismo interés con el que otros viajeros visitan los grandes museos de una ciudad que no conocen. Y te diré también que si yo no hubiera tenido esa fascinación por encontrar los bares idiosincráticos de cada nueva ciudad que visito, probablemente no te hubiera llevado al White Horse, y de no hacerlo, no nos hubiéramos besado. Agradéceme esta afición que en nuestra corta vida común ha sido virtud, y que en la vida a la que vuelvo es por lo visto un vicio. Con todo esto no quiero confesarte que sea un alcohólico, sino que sé bastante de bares y quiero establecer bien mi autoridad como experto de talla internacional en la materia para desde ahí proclamar que el White Horse de Austin es probablemente el mejor bar del mundo —aunque solo sea por ser el lugar que facilitó que nos pasara lo que nos pasó, cosa que no es casual, créeme, el sitio estaba cuidadosamente diseñado para que en él ocurran cosas.

The White Horse ya crea expectativas incluso antes de que uno lo visite, basta pensar en su nombre —El Caballo Blanco, qué más puede pedírsele a un bar de cowboys— y su tipología —un honky tonk— para que empiecen a conjurarse en la mente todo tipo de posibles aventuras. Al igual que las galleras, los burdeles, las plazas de toros, los billares, los tablaos después del cierre y en tu ciudad, los salones de baile con ficheras, el honky tonk es uno de esos establecimientos públicos que parecen ofrecer ciertas garantías de que pasarán cosas raras, y que me hacen anticipar que veré fauna exótica, vestida de manera insólita, en estados alterados, gritando frases que querré rescatar en mi libreta, adueñarme de ellas, repetirlas en otros bares, en cenas, hacerlas célebres en un artículo y quizás elevarlas a *memes* o proverbios para que se emancipen y sigan su vida en otras bocas. Pero fundamentalmente, tras haber visitado el White Horse, puedo decir ahora que lo verdaderamente extraordinario que ocurre en un honky tonk es que la gente acude a bailar porque sabe bailar. Es decir, sabe bailar agarrada, en pareja y en coordinación con el resto de parejas en la pista, que es la única manera de saber bailar, y lo hacen al son de una banda que toca en directo, y tras un par de bailes cambian entre desconocidos de pareja, y en suma, es un núcleo de resistencia en un mundo occidental donde la gente ya no baila, sino que se agita, salta y se menea espasmódicamente en una muchedumbre de soledades que miran todas a la cabina del DJ con una mano en alto, siguiendo el ritmo de un bombo digital.

Nunca en mi vida había pisado un honky tonk antes de conocernos, pero hasta ese momento había oído platicar un chingo sobre este tipo de antros, formaban parte de mi propia mitología de las noches imaginadas, de los lugares a los que aún no había ido, eran una meca pendiente. Honky tonk es una palabra sonora y cantarina, un sustantivo inolvidable con el que uno se topa a menudo en las rolas de los tipos que van de malos, yo en concreto la escuché por primera vez como adolescente y gracias a los Rolling, en su famosa *Honky Tonk Women,* que por cierto es el primer riff que aprendí a tocar en la guitarra eléctrica de mi primo. En esa época no había manera de saber qué demonios era eso de honky tonk. No había internet, en el diccionario de inglés-español que teníamos en casa no aparecía el término y nadie que conociera en Santander, ni siquiera la profesora de inglés del colegio, sabía decirme qué significaba honky tonk, si era un bar, un barrio de Memphis o un adjetivo para describir a mujeres capaces de sorprender a dos tipos curtidos como Keith Richards y Mick Jagger, acuérdate de la letra: *the lady then she covered me with roses, she blew my nose and then she blew my mind, it's the honky tonk women.* A juzgar por lo que ocurría en aquella canción, y significara lo que significara eso de honky tonk, yo sabía desde la primera vez que escuché *Honky Tonk Women* que quería ir a ese lugar donde se aparecen las honky tonk women, que deben ser como las sirenas de Ulises, mujeres que te cubren de rosas y te vuelan la cabeza con sus proposiciones.

A medida que uno va explorando más y más música, el término reaparece y al final, en alguna de las decenas de biografías de músicos que compraba hace veinte años, cuando bajaba a Madrid, y de las que ya ni me acuerdo, entendí que un honky tonk era un garito típico del suroeste de Estados Unidos, donde los aficionados locales tocaban country-rock en directo, se bailaba two-step y supuestamente pasaban cosas locas con gentes locas que tenían pistolas, sombreros, drogas y ganas de fiesta. Eso de visitar un honky tonk a ver qué me acontecía ahí era un deseo adolescente muy arraigado en mí, casi apagado y olvidado ya con el paso de los años, que volvió a despertarse en cuanto el periódico me ofreció ir a una soporífera cumbre de periodismo digital en Austin, Texas, porque en mi fantasía Texas no era otra cosa que la posibilidad de un honky tonk lleno de gente armada, barbuda y con sombrero, tocando los primeros acordes de *La Grange* de ZZ Top. Hay lugares en el mundo que solo son una sucesión de vídeos musicales en la imaginación, que se hacen reales —hiperreales— cuando uno los vive escuchando la música a los que los tiene asociados desde hace años.

Al día siguiente de pisar esta ciudad por primera vez, ya había hecho rigurosas pesquisas digitales para pintarme el mapa del esparcimiento local, había identificado los honky tonks locales y lo que es mejor, había sido empujado por no sé qué fuerza —seguramente por el desconocido espíritu protector de los honky tonks que vela por que los neófitos tengan una pareja de baile— a reclutarte para la causa jonquitonquera en ese primer desayuno, y tú sin saberlo ibas a convertirte en la mujer que aparece en la tercera estrofa de *Honky Tonk Women*, esa que se dejaron sin escribir Mick y Keith, y que probablemente estarían dispuestos a añadir hoy a la canción si nos hubieran visto esa noche. Y dice así:

> *I saw this married lady in Austin, Texas,*
> *And asked her if she'd join me for a dance,*
> *She had to teach me how to move my body*
> *She held my waist and then she stole my heart.*

Se pueden visitar museos conocidos, grandes parques, monumentos, pero visitar una canción, entrar en ella con la misma facilidad con la que entra Mary Poppins en un dibujo de tiza pintado en la acera, es algo que jamás había hecho y que supongo que tú tampoco, pero eso es exactamente lo que hicimos cada una de las noches que fuimos al White Horse, y especialmente esta que te dibujo, en que entramos con nuestros disfraces.

Una vez dentro de *Honky Tonk Women* todo me resultaba extrañamente familiar, como suele pasarle a uno la primera vez que visita un monumento emblemático o un museo cuyas obras expuestas ya ha visto en libros cientos de veces. Acuérdate del sitio, tú comentabas que un arquitecto no podría haberlo dibujado jamás, tenía, decías, un nivel de imperfecciones y asimetrías que no era posible imitar en una mesa de dibujo. Por fuera es una cabaña de madera, con un letrero mal iluminado por bombillas que dice THE WHITE HORSE en tipografía de peli de vaqueros, un descampado lleno de pick-ups, una puerta pequeña custodiada por uno de esos tipos que son obesos y forzudos a la vez, que están calvos y tienen melena a la vez, que dan risa y terror a la vez, de esos que solo la América profunda y algún país de Europa del Este saben fabricar. Por dentro está todo bastante oscuro, dos o tres mesas redondas, a las orillas de una pista de baile con un suelo de madera irregular, en la que giran como si fuera un firmamento acelerado parejas de toda edad y condición bailando agarrados, en la esquina del fondo un diminuto escenario con fondo de terciopelo artificial rojo y espejos, donde toca la banda de country-rock, con sus barbas largas, el contrabajo, la slide guitar, el ritmo acompasado, binario, del two-step. Cerca de los baños se adivina una puerta junto a una máquina expendedora de tabaco de la era predigital, que aún funciona pero de la que nadie se hace responsable si se traga tu dinero, y por esa puerta se accede a un espacio intermedio entre la pista de baile y el patio, donde ya se puede fumar y donde todos fuman, y donde dan ganas de volver a fumar y de hecho volviste a fumar, y yo fumé hasta mentolados, porque ahí no cuenta, dijiste, porque todo lo que pase acá no puede pasar en ninguna otra parte, y en ese espacio que aparece tras pasar la máquina de tabaco hay un billar que siempre está ocupado, una silla sobre un pedestal, como un trono, con un limpiabotas sacando lustre a las puntiagudas botas de cowboy de los parroquianos y de forasteros recién llegados como nosotros que además nos habíamos comprado las botas hacía unas horas y ya brillaban antes de limpiarlas, pero no era eso lo importante, sino sentarse en el trono, ver ese extraño reino desde arriba con un whisky, y frente al trono había un viejo piano de pared, desafinado y desvencijado, con alguna tecla a punto de fallar, con un cartel escrito a mano que dice: *please play me*. Los espontáneos se sientan a tocar canciones muy conocidas por lo general, con mayor o menor fortuna, a veces logran congregar en torno a ellos coristas espontáneos, que dan pie a otros espontáneos a pedir su turno al teclado, tú me insististe, me pusiste a prueba, vamos a ver ahora si eres un farsante o no, yo te dije que hacía años que no tocaba, mentira, gritabas con tu whisky en alto, desparramándose, ¡mientes!, me dijiste que ahora que tu hija pequeña da clases tú has vuelto a tocar, y yo te contesté que te dije eso para hacerme el interesante y que me quisieras más, porque los que como yo aprendimos tarde a tocar instrumentos, lo hicimos solo para ligar y que nos invitaran a porros, y comprobamos que se follaba más si tenías un grupo y te invitaban también a muchas cosas, pero que jamás aprendí a tocar nada dignamente, que sería todo un desastre, nos echarían a patadas, que nos echen pues, decías, si no tocas hoy no duermes en mi cama, y me dijiste que ahora tocaba cantar a gritos, puro berrinche, que eso es lo que te pedía el cuerpo, que tenías que sacarte el veneno. Me puse junto al piano, esperé mi turno cantando en todo coro que se formaba, se sucedieron los *Imagine* y los *Blue Moon*, hasta que al fin me senté al piano, nervioso, trataba de recordar cómo se hacía, bastaba con los acordes, algo fácil, una ranchera es lo mejor para berrear te dije, y además era lo más fácil para tocar, bastaban cuatro acordes para tocarlas todas en su versión más básica, qué tal la de *Volver* propusiste, y yo dije que esa era demasiado escandalosa para empezar, que no había bebido lo suficiente, tú contestaste que en aquel antro celebrarían un poco de escándalo, dónde si no, y me refrescaste la letra, me diste a beber lo que te quedaba de whisky, me diste un beso, me encendiste un cigarrillo y yo empecé a aporrear el piano, tú a chillar, *y volver, volver, voooooooolver, a tus brazos otra vez, llegaré hasta donde estés, yo sé perder, yo sé perder, quiero volver, volver, volver*, y a la segunda vuelta del coro traté de gritar tan alto como tú, y se nos juntaron dos mexicanos más que andaban por ahí. La gente se sorprende bien poco de lo que pueda ocurrir en el White Horse, pero con todo, el gordo forzudo de la puerta se asomó para ver si se trataba de una canción o de un problema de orden público, *it's alright, it's just a Mexican song, that's how you sing it,* dijiste, él hizo algo con su cara que pudo pasar como gesto de aprobación, o bien como gesto de por-esta-vez-te-perdono-la-vida. Una rola mexicana no hubiera podido desentonar en aquel lugar, estamos al lado de la frontera, la mitad de la población es mexicana, me dijiste, y después de esos berrinches quién se hubiera atrevido a meterse contigo, éramos un romance fronterizo, decías, adúlteros fugitivos, cada vez que me llevaba la mano al bolsillo sentía que me faltaba mi pistola, pedimos más whisky, éramos objeto digno de la letra de una canción, valíamos para ranchera o country, *The Ballad of Camila & Luis*. Éramos aquello que fantaseaba de niño que pasaba cada noche en un honky tonk, con todo el peligro que tiene cumplir un sueño adolescente cuando uno empieza a tener canas.

11

Los penúltimos días son los mejores. No han de soportar sobre sus espaldas la tragedia de ser la víspera de una despedida, la antesala de una larga ausencia. No se besa, ni se come, ni se ama, ni se habla con la gravedad y la tristeza de la última vez, el ojo no está vidrioso todavía, conteniendo la lágrima que llegará mañana. Fuimos a tu cama sabiendo que aún nos quedaba otro día entero con su noche, veníamos algo borrachos, cogimos sin quitarnos la ropa de cowboy, y después, volvimos a coger desnudos. Nos dormimos abrazados, como solo los enamorados saben hacerlo para dar con la postura exacta en que dos cuerpos se acoplan cómodamente sin cortar el riego sanguíneo de las extremidades. ¿Hacía cuánto que no te habías quedado dormida así con alguien? Alguien que no fuera un hijo pequeño, claro está. El mundo del sueño es un lugar solitario, es a sus puertas donde nos despedimos, donde estamos por fin completamente solos, por mucho que nos durmamos abrazados. Y lo difícil no es acostarse con alguien. Lo difícil es despertarse con alguien al lado, ver que la vida ha vuelto a empezar, el sol ha vuelto a salir, hay que vivir otro día y alguien está en tu cama, sigue en tu cama, o sigues tú en la suya, o sigue siendo vuestra cama y no la tuya ni la suya, pero sí, la gran prueba es la hora en que despertamos juntos.

Recuerdo despertarme en una cama ajena y querer salir corriendo antes de que se despertara la persona que estaba a mi lado. O si era un hotel en el que me alojaba o mi casa de soltero, fingir que dormía para facilitar la huida de la mujer que había conocido la noche anterior, fingirlo de manera obvia, roncando como un cerdo, para darle el empujón final a aquella persona que deseaba hacer desaparecer, para que entendiera el mensaje. Porque nada es igual cuando sale el sol, todo suele ser una decepción hecha de legañas, olor a sobaco, aliento matinal y ropa interior usada. Y contigo eso no ocurría, me despertaba y todo seguía siendo igual, el embrujo no se había disipado, seguías oliendo igual de bien, y tu piel, tu pelo, retenían el mismo atractivo que la noche anterior, y yo me despertaba con una mezcla de deseo y de terror, asustado de que al despertar te resultara repugnante, tan limitado, apestoso y finito como me sentía ante un nuevo día, temeroso de no tener nada nuevo que ofrecerte.

En la vida a la que vuelvo es igualmente difícil ese despertarse con alguien, ver que todo sigue donde lo dejamos la noche anterior, y no saber decir si se trata de un día más o de un día menos, mirar a tu pareja sin ilusión, solo tratando de adivinar de qué humor se despertará, como quien se asoma a una ventana para ver el tiempo que hace, y recordar antes de decirnos nada, en esos minutos en que uno se prepara para salir de la cama, qué puede ilusionarme ese día, inventármelo rápido si no hay nada a mano, decirme que hoy comeré en tal bar, o que llamaré a tal amigo, o que pintaré el depósito de una de las motos, o que les pondré a los niños determinada rola al despertar. Sí, Camila, es así ese momento: hay que inventarse rápidamente esa razón para poder salir de la cama con buen pie, porque nadie te ayuda ya a encontrarla, y pasados unos minutos, si no la tienes, empiezas el día sin ella y no hay manera de remontarlo, la rutina se sucede como una cinta transportadora que vuelve a llevarte de noche a la cama y por la mañana vuelves a despertarte en la misma cama, con la misma persona a tu lado que una vez más no podrá hacer que te levantes con ninguna ilusión que tú mismo no hayas sido capaz de construir.

Lo que más me asombraba de estar contigo era despertarme y ver que seguías allí, comprobar que tras el sueño volvía a ser cierto que estabas conmigo, que tu pecho pecoso seguía allí respirando, que también yo seguía allí contigo, y que aún había una cama bajo nosotros, y el hotel era todavía un hotel, Austin era aún lo que había tras los cristales de la ventana, y que no había dejado de sentir nada de lo que sentía cuando observé cómo te dormías, y solo me quedaba saber si cuando se abrieran tus ojos negros me mirarías igual. Esperaba sigiloso y con inmensa ilusión, a ver qué harías primero al despertarte, ¿me abrazarías y seguirías dormida un rato más o me mirarías en silencio antes de que nadie dijera nada? ¿Y qué dirías primero, o sería yo quien hablara? ¿Me contarías un sueño que tuviste como lo hiciste en la siesta, o me describirías lenta y precisamente el desayuno que me habrías hecho de haber estado en México, como lo hiciste la mañana anterior, a lo que yo, salivando, te protesté por haberme impuesto el suplicio de Tántalo, y tú como en la ranchera me tapaste la boca con tus besos y así pasaron muchas, muchas horas? No habría prisa alguna en salir de la cama, empezábamos a inventar el día allí mismo y no después de ducharnos, de extirparnos las legañas, perfumarnos y recomponernos. Luego, más adelante, tras salir de la cama, mi ilusión se renovaba al considerar que aún me quedaba por ver cómo te arreglarías el pelo, cómo te vestirías, qué nuevo accesorio, qué nueva prenda que jamás había visto sacarías de tu maleta.

No necesito que la vida sea así cada mañana, no es eso lo que pido, entiendo muy bien lo poco que duran esos largos despertares compartidos, también los tuve con Paula y me has hecho recordarlos. Habiéndolos vuelto a probar se hace difícil regresar a una vida donde jamás vuelve a ser así. Te lo repito: era un buen arreglo el que teníamos, Camila, cuatro días al año. Aunque quizás lo sabio era dejarlo donde y como lo has dejado. No te lo voy a discutir, ni voy a lloriquear, entramos libremente en esto y salimos libremente también: es el matrimonio el que impone la tozuda aspiración de que ni el tedio ni el desamor, sino que solo y exclusivamente sea la muerte el agente que nos separe. Los amantes están unidos hasta que el miedo, la culpa, la cordura, la amenaza o la conveniencia los separe, el mundo entero conspira por separarlos, pero lo que seguro los ha de separar como regla insoslayable es el tedio, la cosa muere indefectiblemente cuando *the thrill is gone* y nada más que entonces.

Qué razonable sería sustituir en las bodas la palabra muerte por la palabra tedio, ¿no crees? El mundo sería un sitio más alegre y sobre todo, más comprensible y comprensivo. Observa cómo cambiaría la cosa, imagínatelo dicho frente a un altar: «prometo serte fiel y respetarte, en la riqueza y en la pobreza, en la salud y en la enfermedad, para amarte y cuidarte hasta que el tedio nos separe». Y es que en realidad la muerte no separa, sino que une incluso más, ninguna persona ama más ni se siente más unida a su pareja que cuando esta muere. Le pasa a mi abuela, que lleva viuda cuarenta años y no deja de comparar peyorativamente a todo hombre con su marido, y le pasa a mi prima María, que tiene al impresentable de su marido en muerte cerebral desde hace dos años y ahora le quiere más que nunca, solo piensa en él, no es capaz de desconectar al tipo y rehacer su vida. Le ama más que nunca cuando antes no le soportaba. Lo que nos separa (además de, por ejemplo, la ludopatía, el alcoholismo, el maltrato, el embrutecimiento, la prodigalidad y la obesidad sobrevenida) suele ser principalmente el tedio, jamás la muerte. El tedio de ver cómo todo lo que te irrita de tu pareja y lo que a tu pareja le irrita de ti se repite siempre, porque nadie es capaz de cambiar jamás, y ya no llega nada nuevo que compense como un contrapeso aquello que sabemos que se repetirá mañana, y que nos volverá a irritar, y que a veces no es más que el ruido que hace tu pareja al tragar agua, la manera en que guarda la botella de vino de pie y no tumbada, como ha de guardarse siempre un vino, o la manera en que uno tiene de sonarse los mocos sonoramente antes de dormir, ese hacer la cama sin precisión, que deja el edredón más largo por un lado que por el otro, o la previsible petición de que bajes la música al tercer tema de algún disco que el otro considere inapropiado para ese momento en que tan apropiado es para ti, o en fin, cualquiera de esas mínimas molestias que manan de nuestra cotidianidad como gotas de grifos que no pueden cerrarse del todo, gotas que no provocan nunca una inundación, pero que jamás nos dejan descansar del implacable y enloquecedor ruido del goteo.

Hasta aquí el reportaje gráfico que te debía, la crónica periodística de lo nuestro. Con esto he cumplido y llegados a este punto creo que ya podríamos quedarnos con el recuerdo, como me dijiste que hiciéramos. Me vuelvo a repetir: la historia ha de ser contada para que haya algo que uno pueda quedarse, lo contrario es vagar hacia el olvido, y olvidar es entregar nuestra vida a la nada. Lo dice en otra carta el propio Faulkner, una carta que he mencionado al principio de la mía, y que es la que más me ha impresionado y la que me ha llevado a escribir esta carta tan larga. La envía años después de estas dos cartas que ya te he copiado antes, y que pertenecen al inicio de su relación. La escribe después de las muchas otras cartas que siguen a esas dos primeras, cartas aún llenas de fantasías anticipatorias, de erotismo, de avidez, de proclamaciones amorosas, de *tomorrow tomorrow tomorrow*. Después de las frías cartas que siguen a esas cartas calientes y que ya no parecen cartas, sino notificaciones, parcas en líneas líricas y abundantes en la pura logística del *affaire* (estaré en tal sitio tal día, venme a ver, te pago el billete, escríbeme a esta dirección). La escribe justo antes de entrar en el periodo final, cuando ya las cartas vuelven a ser cartas, pero no anticipan explosivamente ningún gozo nuevo, sino que discurren con un nuevo tono sosegado, el de alguien que evoca y recuerda, con un tono de agradecimiento y nostalgia, desde una distancia resignada. Esta es la carta, en el destinatario del sobre ya podemos ver que Meta ha cambiado de nombre, que ahora es una Mrs., se ha casado:

Friday.

Are you still there? I have two books for you,
when I know where to send them.

They had what they call the 'world premiere' of
MGM's INtruder in the Dust here this week. I
thought it was a very fine job; wished I had
been Clarencee Brown, who made it.

I dream of you quite often. At first I thought
too often, dreaded sleep sometimes, or waking.
But now it is not so grievesome. I mean, no less
grievesome, but I know now grief is the inevictable part of it, the thing which makes it cohere;
that grief is the only thing you are capable of
sustaining, keeping; that what is valuable is _shabbily,_
what you have lost, since then you never had the
chance to wear out and so lose it, Darby and Joan
to the contrary. And, as a character of mine said,
who had lost hi s heart his love by death: 'Between grief and nothing, I will take grief.' I
know that's true now, even though for a while
after September in 1942 and again after July
in 1943, I believed different.

Give my best to Sally and John. I'll send the
books when I know where.

Bill

¿Sigues allí? Tengo dos libros para ti, cuando sepa dónde enviarlos.

Aquí esta semana hemos tenido lo que llaman el «estreno mundial» de la producción de MGM de Intruder in the Dust. Pienso que ha sido un trabajo bastante fino; me hubiera gustado ser Clarence Brown, que la hizo.

Sueño contigo mucho. Al principio pensé que demasiado, a veces me aterraba dormir, o despertarme. Pero ya no es tan doloroso. Quiero decir, no es que sea menos doloroso, pero ahora ya sé que el dolor es la parte inevitable; aquello que le da consistencia; que el dolor es lo único que eres capaz de sostener, lo único con lo que puedes quedarte; que lo que es valioso es lo que has perdido, puesto que de esa forma nunca has tenido la posibilidad de desgastarlo y de ese modo perderlo (gastarlo). Darby y Joan son el ejemplo contrario. Y, como dijo uno de mis personajes, que había perdido a su corazón, su amor, por una muerte: «Entre la pena y la nada, elijo la pena». Sé ahora que eso es cierto, aun cuando por un tiempo después de septiembre de 1942 y también después de julio de 1943, creí lo contrario.

Dale recuerdos a Sally y John. Te enviaré los libros cuando sepa dónde.

Bill

La leo como un pronóstico, en esa carta está aquello con lo que probablemente me voy a enfrentar a partir de ahora (*I dream of you quite often... dreaded sleep sometimes, or waking*). Se la manda Bill a Meta en 1949, unos quince años después de conocerse. Entre esta carta y la inmediatamente anterior han pasado tres años. No sé si han sido tres años de silencio, pero en el archivo no hay más cartas del 46 al 49. La manera en que abre la carta —*are you still there?*— me inclina a pensar que han sido tres años de largo silencio. También lo pienso después de ver la última carta antes de ese periodo de silencio. Es una nota escueta y gélida, puramente logística, para ver si se concreta un encuentro, su última línea dice *let me know your itinerary, dates, etc. I will see what can be done*. No hay determinación, *veré qué puedo hacer,* le dice. Claramente no es el tono de convicción del hombre apasionado que escribía *tomorrow tomorrow tomorrow* años antes. Mi único consuelo en este momento ha sido leer varias veces esa carta gélida —*I will see what can be done*—, quiero pensar que me advierte de lo que nos esperaba de haber continuado nuestros encuentros durante años, nos previene de la llegada de ese día en que tú o yo nos hubiéramos escrito un escueto mensaje de este tipo: *vete diciéndome dónde vas a estar y veré si puedo ir a verte.* Es mejor el dolor ahora, has sido sabia.

Años después viene esta carta que abre con un *are you still there*. Supongo que se refiere a si está aún en esa dirección, la gente cambia constantemente de dirección en Estados Unidos, y en la era predigital si te perdías el cambio de dirección de alguien, desaparecía de tu vida quizás para siempre. Y Meta seguía allí, no sabemos qué contestaba porque Faulkner, por lo que leí en otra de sus cartas, destruía la correspondencia de Meta para que no fuera descubierta. Pero Meta guardaba la de Faulkner con la meticulosidad de un archivista.

En la carta Bill le recuerda a Meta lo que dice su personaje de *Las palmeras salvajes*, que entre la pena y la nada, se queda con el dolor (*between grief and nothing, I will take grief...* me queda la duda de si *grief* se traduce como pena o como dolor, elige tú). Y para ahorrarle a Meta la lectura del libro, Bill le resume todo en un par de frases, y son ese par de frases las que me han sobrecogido, cuando te he conocido brevemente y te he perdido. Entiendo por fin esa novela, y la entiendo en mis propias carnes. He tenido que vivirlo, siento que me estoy descifrando a mí mismo cuando leo en esta carta *ahora ya sé que el dolor es la parte inevitable de esto, aquello que le da coherencia; el dolor es lo único que uno es capaz de mantener, de quedarse; que lo que tiene valor es lo que has perdido, puesto que es por ello que nunca tuviste la posibilidad de agotarte, y de perderlo por desgaste.* Me has ahorrado el desgaste y el agotamiento, a cambio me queda este dolor tan real y tan físico, como prueba irrefutable de todo lo que me diste, y yo creo que me compensa, y con gusto lo acojo dentro de mí.

Te quiero, Camila, te quiero mucho. Adiós adiós adiós.

Luis

Luis a Paula

NYC
Junio 2019

Querida Paula:

Hoy me he preguntado cuánto hace que no te escribo una carta. En realidad no recuerdo la última carta que escribí de puño y letra a nadie. El correo electrónico ha eliminado las relaciones epistolares, aunque no las ha sustituido. Tienen tan poco que ver un email y una carta. La primera gran diferencia es que uno pierde el mensaje que envía y por tanto, eventualmente pierde también la memoria de lo que ha dicho, de lo que ha contado y lo que ha preguntado: las cartas pasan a ser documentos que pertenecen a otra persona. No así los emails, de los que siempre queda una copia en la carpeta de enviados. La otra gran diferencia es el tiempo de entrega y de respuesta —incierto siempre—, bastante largo para los usos tan ansiosos de hoy. A las cartas se les da tiempo: para escribirlas, para enviarlas, para recibirlas y para responderlas. Por lo general no tratan asuntos que esperen respuesta inmediata, sino asuntos que requieren una buena respuesta, una respuesta elaborada, con suficiente sustancia como para alimentar al destinatario hasta que llegue la siguiente. Lo que se solicita de quien nos escribe es que cuente cómo ha estado, cómo está y qué piensa hacer. En definitiva, que nos ponga al día, que nos cuente qué es de su vida. Algo que jamás perdonaríamos que nos detallara en un email.

Yo te voy a escribir una carta porque quiero contarte qué es de mi vida, y preguntarte qué es de la tuya. Es lo que se hacía cuando uno estaba lejos, y yo estoy muy lejos de ti. Mucho. Aquí, haciendo escala en NYC, siento al fin que los ocho mil kilómetros que nos separan y las seis horas de diferencia entre Madrid y NYC por fin se corresponden con la distancia a la que hemos estado viviendo tú y yo últimamente. En este tiempo, sin embargo, algo me ha acercado inesperadamente a ti, diría incluso que me ha teletransportado hasta ti, y que de golpe te siento más cerca que en estos últimos años.

Cuando estuve en Austin visité el Harry Ransom Center, un centro de investigación de humanidades que pertenece a la Universidad de Texas, y que es uno de los grandes archivos literarios que hay en el mundo. A pesar de eso, nadie sabe nada de él. Ni siquiera tú, me atrevería a decir. Te hubiera explotado la cabeza allí, de hecho he pensado que el año que viene, si todavía no me han echado del periódico, y si aún están como para pagarme el viaje a este congreso, nos estiramos un poco y te vienes a Austin conmigo. Y si me han echado ya, intentamos ir igualmente, merece la pena. Por lo visto, el centro almacena decenas de millones de documentos. La lista de todos los escritores, filósofos o poetas cuyos materiales han acabado inexplicablemente en el centro de Texas es inmensa. Yo entré en ese lugar con el objetivo de fisgar en los cuadernos de Bob Woodward, el periodista del Watergate, investigar su investigación y hacer un reportaje sobre su reportaje, lo que tú otras veces has definido como «esos contenidos metaperiodísticos que últimamente hacéis en el periódico para comeros vuestras propias pollas a la vez que transmitís a los lectores lo importante que es el periodismo de investigación, y se convenzan así de que pagar una suscripción por leeros es la manera de que no se acabe la democracia». En fin, no puedo discrepar de esa apreciación. El caso es que una vez dentro del archivo me topé con un largo inventario de materiales, entre los cuales se mencionaba una serie de cajas con papeles de tu ídolo literario, Mr. William Faulkner, o simplemente Bill para los que hemos acabado por conocerle más íntimamente, así que me perdonarás si le llamo Bill. Solicité un par de ellas para hacerles algunas fotos que mandarte y que veas que me acuerdo de las cosas que te hacen ilusión incluso en la distancia. Allí reparten manuscritos originales con la misma facilidad que te prestan cualquier libro en la biblioteca de la Prospe. Evidentemente no puedes sacar los materiales, pero te dejan una mesa para que los examines el tiempo que quieras, y si firmas un papelito prometiendo que no las vas a publicar en ningún sitio, les puedes hacer fotos. Fotos que te voy a compartir, y que ya sabes que no debes compartir con nadie más: *don't mess with Texas*.

Solo pensaba destinar un par de minutos a los documentos de Faulkner, y una vez te hubiera mandado alguno con una nota cariñosa, centrarme ya en los del Watergate. El congreso estaba siendo bastante intenso, apenas nos dejaba tiempo para escaparnos a hacer otras cosas. Pero entre todos los papeles de Faulkner me topé con una carpeta con las cartas a su amante, una tal Meta Carpenter. Y esa carpeta, sin proponérmelo, funcionó como un cambio de agujas que me llevó hacia un destino bien diferente. Tanto que ni volví al congreso ni he mirado los papeles del Watergate, y creo que me va a costar bastante encontrar un tren para volver del lugar al que esas cartas me han desviado.

No tengo claro ya de qué voy a hacer el reportaje que me pidieron, y será tu culpa: explicaré en el periódico que fue por ti que abrí esa carpeta que me ha sumido en una cierta confusión. Zozobra es mejor palabra. Me quedé sentado durante horas en la oscura y silenciosa sala de lectura del HRC, leyendo bajo una lámpara, una a una, todas las cartas de Bill a Meta, una correspondencia que, por lo que indican los matasellos, se extiende durante unos treinta años, hasta poco antes de la muerte de Bill, y que dibuja las curvas de una relación paralela que es el refugio donde sobrevivir a ese tedio del matrimonio que tan bien conocemos tú y yo. Faulkner parece vivir como un señorito andaluz en un pueblo de Misisipi llamado Oxford, y cuando necesita dinero (y oxígeno) le dice adiós a su mujer y se va a Los Ángeles a escribir guiones, allí trata de resolver en poco tiempo y con nulo entusiasmo, como mero trámite, esos guiones y de ese modo poder rascar todas las horas posibles para estar con Meta, la secretaria de Howard Hawks. Todo esto lo acabo de mirar en internet, tú quizás lo sabrías ya. No es que me importen mucho los detalles, pero necesitaba un poco de contexto después de leer las cartas.

La primera curva que trazan esas cartas es ascendente, expansiva, en ella vemos a un hombre que cuando escribe para el público es capaz de ganar el Nobel, usando todos sus trucos para una sola lectora. En ella Bill transfiere toda la excitación que le supone una próxima cita con Meta, y pone a trabajar la fantasía de su amante mucho antes de que él llame a la puerta, usa el lenguaje para hacer propicio ese tiempo que tiene fuera de su vida matrimonial, días en que de pronto todos los juegos del amor son posibles otra vez.

Muchas de las cartas están mecanografiadas, y solo ocupan una cara de una hoja. Las he devorado en pocas horas, con una angustia emparentada a la que siento cuando veo cómo se acaba la botella de un vino bueno y demasiado caro que quizás no volveré a probar. Afortunadamente las cartas que están escritas a mano se me resisten, es muy difícil entender la caligrafía de Faulkner, el tipo ha inventado su propia variante del alfabeto latino, y uno debe adivinar la mitad de las letras. Les hice fotos y me tomé toda una tarde para intentar descifrarlas en una coctelería con un patio donde dejan fumar puros. El sitio se llama el Weather Up y está en una vieja casa de madera a las afueras de Austin, con su porche de madera, sus mecedoras, un buen nogal dando sombra en medio del patio, es la casa que has visto mil veces en cualquier película americana sobre el sur de los Estados Unidos, con un *carrot cake* humeante en el alféizar y un asesino en serie espiando desde el ático.

Al final una única carta ocupó mi tarde al completo, y me llevó cuatro whiskies escrupulosamente medidos (me dijeron que no les estaba permitido servir más que tres, pero yo conseguí uno extra gracias a mi truco de la encantadora sonrisa que por lo visto sigue funcionando con otras personas) y dos repugnantes puros nicaragüenses adquiridos en una gasolinera. Me senté en la mecedora, saqué mi libreta y me puse a transcribir sin prisa alguna aquel texto. Mientras lo hacía, imaginaba qué hubiera pensado su autor sobre mis empeños.

Realmente es asombroso pensar que la carta que uno

escribió a su amante en un intenso anhelo, durante una noche del año 37, iba a sobrevivir a su muerte metida en una caja junto a las otras cartas escritas en otros momentos de deseo, y que esa caja iba a ser vendida por la amante a un profesor universitario obsesionado con Faulkner, y que ese profesor se lo legaría a un archivo en Texas, y que en 2019, con el remitente y la destinataria ya bien muertos, esa caja iba a acabar casualmente en manos de un santanderino que pasaba por ahí y que solo pretendía hacerle una foto a algún papelito escrito por Faulkner para enviarle algo que pudiera hacerle ilusión a su mujer (mujer que durante sus estudios de literatura se aficionó a sus libros), y que al detenerse a mirar las cartas, ese santanderino sentiría el impulso de pasar a limpio, por vez primera, sus ilegibles cartas a su amante, y más aún, que trataría de imaginar y entender lo que esas cartas quisieron decir, intentaría rescatar ese momento de deseo, resucitar ese ímpetu que alumbró cada una de esas cartas, para poder transferir algo de su fuerza en una carta a su mujer. Si lo piensas, podemos incluso decir que tú has sido la destinataria final de esta carta de Faulkner que te voy a compartir, de esta que extraje de los sótanos del archivo para entregarte transcrita.

Te incluyo foto de la carta para que entiendas la dificultad de mi tarea como transcriptor. Pero diría que interpretarla es incluso más difícil que transcribirla. Verás que es una carta escrita con la consciencia de que nadie excepto quien la recibe y quién la escribe podrá encontrarle sentido alguno.

If unclaimed
return to:
8466 1/2 Sunset Blvd.
Hollywood, Cal.

Miss Meta Carpenter,
Sir Francis Drake Hotel,
San Francisco, Cal.

Air Mail.
Special Delivery

8466 1/2
Sunset Blvd
Los Angeles
Cal

Sunday morning

When you wake and read this, you are to believe that you are still asleep, waiting to wake and remember it's Sunday morning and that soon the phone will ring and they will tell you I am waiting downstairs, for breakfast together and ping pong and then the hours in the sun and wind and much later that cannot even matter once to anyone but us.

Then (you are still asleep, remember) you will put this one away and you will dress and have breakfast, maybe with Sally and John, and play ping pong with them and dine at the Hall Dinner and return home to movie and bed, and your day will be pleasant, and you will get into bed and then you will open the next one, the one for Sunday night; you will have had the pleasant day behind you but it will not have actually been; it will just be that dozy time between sleep and waking, because now you will have this second one in your hands and you will open it and then you will wake and I will be there.

Sunday morning

When you wake and read this you are to believe that you are still asleep, waiting to wake and remember it's Sunday morning and that soon the phone will ring and they will tell you I am waiting downstairs, for breakfast together and ping pong and then the hours in the sun and wind and much letters (?) that cannot even make sense to anyone but us.

Then (you are still asleep, remember) you will put this one away and you will dress and have breakfast, maybe with Sally and John, and play ping pong with them and dine at the xxx xxxx (?) and return home for music and bed, and your day will be pleasant, and you will get into bed and then you will open the next one. The one for Sunday night; you will have had the pleasant day behind you but it will not have actually been, it will just be that lazy time between sleeping and waking, because now you will have this second one in your hands and you will open it and then you will wake and I will be there.

Pongo un signo de interrogación al lado de aquellas palabras que se me han resistido hasta el final y de cuya transcripción no puedo fiarme. No compromete en todo caso la comprensión de la carta. Quiero creer que dice *letters*, pero seguramente diga otra cosa, no tiene demasiado sentido como frase, pero forcemos esta transcripción, me divierte imaginar que estaban todo el día escribiéndose cartas como esta que solo ellos entienden. Hay dos palabras imposibles que corresponden claramente al nombre de un restaurante, y por más vueltas que le doy solo soy capaz de leer *Hall Brau*, sin que tenga mucho sentido el nombre y sin que aparezcan referencias a él en internet, así que dejémoslo en blanco.

Domingo por la mañana

Cuando despiertes y leas esto, has de creerte que aún estás durmiendo, esperando a despertarte y recordar que es domingo por la mañana y pronto sonará el teléfono y te dirán que estoy esperando abajo, para desayunar juntos, jugar al ping-pong y luego las horas al sol y al viento y muchas cartas que no podrían ni tener sentido para alguien excepto nosotros.

Luego (sigues dormida, recuerda) dejarás esta por ahí y te vestirás y desayunarás, quizás con Sally y John, y jugarás al ping-pong con ellos y cenarás en el xxx xxxx y regresarás a casa para escuchar música e ir a la cama, y tu día será agradable, y te irás a la cama y entonces abrirás la siguiente. La del domingo por la noche; habrás tenido un día agradable tras de ti pero en realidad no habrá ocurrido, solo será ese remolonear entre el sueño y el despertar, porque ahora tendrás esta segunda carta en tus manos y la abrirás y entonces despertarás y yo estaré allí.

La leo y me pregunto: ¿qué está ocurriendo aquí? ¿A qué están jugando Bill y Meta? Pasé horas dándole vueltas a la escena, meciéndome en el porche del Weather Up, tratando de reconstruir esa mañana de un domingo de febrero en 1937. Hay una parte de la carta que describe un hecho real, Meta se despertará en la mañana de un domingo y encontrará una carta, y poco después de leerla Bill llegará a su casa con el propósito de pasar todo un día juntos. Hay otra parte importante que ha de ocurrir en la imaginación de Meta: Bill le pide, o más bien le ordena, que cuando lea la carta, imagine que aún no ha despertado, que se contemple a sí misma durmiendo aún, antes de despertar para encontrarse con él en el desayuno y jugar al ping-pong y pasear por una playa. Cuando despierte de ese sueño imaginario no sucederá nada de lo que en realidad va a ocurrir, sino que habrá despertado en otro domingo, uno en el que Bill no está, y que transcurre agradablemente (me pregunto si la palabra *pleasant* va con ironía, con ese desprecio que aquel que busca experiencias intensas siente hacia lo meramente agradable) con otras personas, y al final del día, ella habrá vuelto a su cama, para despertarse de nuevo y descubrir que aquel día imaginario no ha ocurrido, que todo era una ensoñación en las brumas mentales del despertar y no solo eso, sino que además Bill estará a punto de entrar en su casa para que ese día no sea un mero día agradable, sino un día intenso entregado al romance. Un lío, si te has perdido no te culpo.

Por tanto, lo que parece que ocurre en esta carta es que Bill, que sabe que se encontrará con ella esa mañana, le pide a Meta que al despertar imagine que duerme y que en ese sueño vuelva a despertarse para comprobar que lo que ha soñado mientras imaginaba que soñaba no era cierto. Es una petición un tanto enrevesada y supongo que esto debe formar parte de un juego muy elaborado que ya se ha iniciado hace tiempo y que tiene bastante que ver con las cartas que ambos se envían sin cesar —*muchas cartas que no podrían ni tener sentido para alguien excepto nosotros*. Supongo que son cartas que celebran el momento del encuentro, que juegan a anticipar ese momento del despertar en la mañana del encuentro, que preparan a ambos amantes para ello, que multiplican y ensanchan la experiencia del encuentro al añadir un plano narrativo en que los amantes imaginan y experimentan ese encuentro de muchas maneras simultáneas y distintas a lo que en realidad va a ocurrir, y cuando ese encuentro está a punto de suceder incluso juegan a imaginar que no sucede, para después afirmarlo con mayor rotundidad.

Se adivina un trasiego constante de cartas y de notas breves —muchas de las cuales se habrán perdido para siempre— que habrán alimentado ese tipo de ejercicios de la imaginación que Bill le propone a Meta para que ella, al despertar sola en su apartamento de secretaria soltera en Los Ángeles, se sumerja en un espacio ficticio que ambos han construido por encima de sus respectivas soledades, y donde ambos siguen viviendo experiencias juntos, reales o imaginadas. Así se pasan todo el día conectados, pero al contrario de los amantes de hoy, que viven su conexión constante a través de *apps* de mensajería, ellos permanecen unidos por la imaginación, por la capacidad de verse a sí mismos desde fuera, como personajes dentro de una narración que elaboran en ausencia del otro y que más adelante disfrutan contándose el uno al otro, y completándola.

Es una carta confusa, quizás no la haya entendido del todo bien y me esté inventando tanto su significado como la situación que describe, aun así me ha hecho pensar en nosotros, es inevitable comparar. Y sí, ya sé que es absurdo comparar el entusiasmo juguetón de una aventura extramarital en sus albores con la rutina de nuestra relación matrimonial de diecisiete años. Incluso así la carta me hace preguntarme qué juegos de la imaginación nos quedan, y más exactamente, qué juegos compartimos para ayudarnos a escapar de nuestras soledades, qué historias nos contamos en las que nos imaginamos juntos.

No sé tú, pero yo diría que ya no nos quedan juegos, diría que tampoco nos acostamos ni nos levantamos elaborando historias en que los dos hacemos algo, historias que se completan cuando te las cuento y tú las imaginas y te las llevas contigo dando vueltas en la cabeza y me las devuelves horas después con nuevos detalles, historias en las que tú me dices dónde vamos a ir y yo te digo en qué medio de transporte, porque para ti es más importante el sitio donde dormimos y para mí lo es más el vehículo donde viajamos, y tú imaginas cómo son las sábanas, yo la música que ponemos en el coche, y tú escoges el mes del año, y yo escojo el tiempo que va a hacer, y tú me dices cómo va a ser la vista de la habitación del hotel, y yo qué llevarás bajo la ropa, y tú me dices a qué hora vamos a salir de la cama, y yo te cuento cómo será el desayuno, y tú me dices cómo nos vamos a vestir para ir a dar un paseo sin rumbo alguno, sin mapa, con el móvil olvidado en el hotel, para poder perdernos indistintamente por lo feo de la ciudad, por lo pintoresco o por lo anodino, porque todo será igualmente celebrado, lo feo, lo pintoresco y lo anodino, y entonces yo te digo dónde pararemos por fin para tomar algo y tú escoges qué será ese algo y así seguiremos construyendo una historia que continuará creciendo en nuestra imaginación con vida propia, con inercia, desplazando otros pensamientos, ocupando un gran espacio en la mente, encendiéndose en nuestras fantasías cuando estemos solos en un tren, en un avión, en una reunión de trabajo, en el gimnasio, en la sala de espera del dentista, mientras volvemos a casa por la tarde, hasta llegar de nuevo a nuestra cama, donde podamos compartir los desarrollos de esa historia que por fuerza se habrá bifurcado por los recovecos de nuestras imaginaciones operando en soledad, y que una vez juntos al cabo del día, podamos unificar de nuevo la narración.

La carta me ha hecho recordar que también nosotros compartíamos una narración proteica, abierta, torrencial, que se alimentaba del caudal de nuestras imaginaciones, y en la que flotaban todas las posibilidades de lo que haríamos, lo que seríamos, lo que hubiera sido de nosotros de no habernos conocido, los lugares que visitaríamos, en ella nos sumergíamos para hacer miles de simulacros de cosas que han acabado por suceder en la vida que compartimos y de muchas otras más que solo han sido buenas fantasías donde refugiarse en un momento vacío. Pero hace tiempo que esa narración se ha secado, hace años que no imaginamos juntos. Tantos que hasta me había olvidado de que hubo una vez en que imaginábamos juntos, en que cuando estaba solo en un avión, en un hotel, en la sala de espera de un dentista, huía contigo de cualquier soledad por ese torrente que recogía y mezclaba nuestras historias, y me trasladaba hacia un lugar donde los dos hacíamos algo que nunca habíamos hecho hasta ahora. Acuérdate de lo que nos divertía imaginar que tu tía Clara y el enfermo de su marido nos podían ver en los momentos más lamentables de nuestra intimidad —nunca aclaramos si era con cámaras ocultas, por un espejo mágico o a través de una bola de cristal, y en todo caso resultaba mucho más inexplicable el hecho de que les interesáramos lo más mínimo que el método por el cual nos espiaban. Retomábamos esa fantasía muchos sábados y domingos de resaca, cuando desayunábamos tarde sin ducharnos, en ropa interior, y comíamos sin vajilla ni cubiertos, directamente de latas o envoltorios, abríamos dos botellines y nos lanzábamos alegremente a una espiral de delirios de bajeza, siempre imaginando qué dirían tu tía Clara y el enfermo de su marido de nosotros y de nuestra desenfadada naturalidad: tú sostenías que les producíamos una repulsión inaguantable, como de taparse los ojos y gritar por favor no más; yo sin embargo creía vanidosamente que les dábamos envidia, que ellos también deseaban eructar con fuerza, perder la mañana en una resaca, desplomándose por todos los rincones de la casa, en ropa interior usada y marinada durante las últimas veinticuatro horas en pistas de baile, sillas de bares y asientos de metro, comiendo restos de la nevera sin calentar, y según decía eso, sacaba un tupper y se lo mostraba envalentonado a ese agujerito imaginario por el cual nos espiaban tu tía y el enfermo de su marido, agarraba con las manos una costra de queso fría en la que habían quedado atrapados varios espaguetis y la tragaba casi sin masticar. ¡De ninguna manera!, gritabas tú (y ahora me dirás que tú no hablas así, pero centrémonos en el contenido), estás muy equivocado si crees que disfrutarían cayendo tan bajo como nosotros, solo buscas el consuelo autocomplaciente de creer que al menos tú eres libre en tu miseria, que no tienes puesto un insoportable corsé como ellos, que hay felicidad en chuparse los dedos que has metido en la lata de mejillones, pero estás equivocado, nos ven un par de minutos con cierta mezcla de asco y compasión hacia mí —tú solo les das asco— y luego abren una lata de caviar y esperan a que llegue un ministro a cenar y que les cuente cotilleos de los buenos, mucho más jugosos y suculentos que las insignificantes memeces que te pueda contar en el bar tu amigo Toni sobre sus problemas con su jefe. Entonces yo redoblaba el pulso, gritaba ¡basta de hablar!, te bajaba las bragas y te mordía el pelo del pubis, tiraba de él hasta hacerte un poco de daño, tú me pegabas en la cabeza con la mano abierta y te morías de la risa mientras me hacías daño de verdad y yo te aseguraba entonces que tus tíos en ese momento nos estaban envidiando, ahora sí que sí. Eran divertidos esos juegos. ¿En qué momento dejamos de jugarlos? Me doy cuenta ahora de que por fin se ha hecho real esa fantasía del espectador que nos contempla envidioso desde el otro lado, por un agujerito imaginario, y no es tu tía Clara ni el enfermo de su marido, sino que soy yo, y puesto que te lo señalo en esta carta, eres tú también, somos nosotros años después. Estaba ese otro juego al que jugábamos tantas veces en la cama, en el coche, en un restaurante, en el que yo jamás llegué a ese cumpleaños de Natalia, por tanto no te conocí y me terminaba casando —arrejuntando— con Julia, seguíamos saliendo todas las noches hasta el amanecer, ni hablar de hijos, y nos echaban a ambos del periódico, acabábamos enganchados a la cocaína, montábamos un breve dúo de cantautores pensando que en el fondo dejar el periodismo había sido una bendición, tocábamos en bares de provincia y al final, hartos de hacer bolos, lo dejábamos todo para poner un bar de copas en Malasaña donde yo pinchaba las mismas canciones todos los días y ella colgaba sus pinturas espantosas. Por otro lado, tú volvías con Javier, y te casabas con él, invitabais a quinientas personas, se ponía el himno de España en la eucaristía, después no le veías nunca porque trabajaba veinticinco horas al día, pero te pagaba tu sueño/capricho de montar una editorial literaria de las de verdad, de las que jamás ganan dinero, de las que imprimen en papel bonito y traen por fin a ese ignoto poeta kazajo al público español, pasados los años os hacíais una casa en Sotogrande junto a un campo de golf para descansar de vuestras vidas junto a las mismas personas que os hacían cansaros de vuestras vidas y al menos vosotros teníais espacio, distancia y amantes para poder soportaros, no como nosotros, que vivíamos juntos toda la noche detrás de una misma barra, y todo el día en un piso de treinta metros y que no éramos deseados por nadie, sino que dábamos pena a los demás. Yo protestaba: mi vida con Julia no habría sido así. Tú protestabas, la mía con Javier tampoco. Yo insistía, no podía haber sido de otra manera, tú me decías lo mismo. Nos reíamos, nos enfadábamos, volvíamos a reír, yo hacía de Javier y te alababa lo bonitas que eran las cortinas que habías elegido para la casa de Sotogrande, tú hacías de Julia y me contabas que nos habías apuntado para tocar en un festival prosaharaui en un bar de Caños de Meca. No teníamos claro cuál de las dos derrotas era mayor, si la tuya o la mía. La mía era muy clara, la tuya no tan evidente, pero a pesar de todo yo sabía arrinconarte hasta hacerte ver que en ese infierno-del-no-habernos-conocido tu castigo no era mejor que el mío.

Ya no nos quedan juegos, pero nos acostamos y nos despertamos en la misma cama, lo hacemos al menos una vez a la semana porque es lo que toca, nuestros polvos son siempre iguales, variaciones de los mismos elementos, el mismo repertorio de posturas, la cuota mínima de sexo oral para no sentirnos mojigatos, y lo hacemos tan mecánicamente como negociamos cada año tres o cuatro escapadas que aspiran a ser románticas, hasta nos hemos apuntado a un curso de salsa para bailar frotándonos (al que no hemos ido la mitad de las veces, por cierto), pero ya no alimentamos esa narración compartida, no salimos a navegar en sus aguas cuando estamos solos, no pescamos nada nuevo en ellas, porque esas aguas se han secado. Son otras las historias que yo me cuento en mi soledad, no se mezclan ya con las que tú debes de contarte a ti misma. Y estas otras historias me llevan a otros lugares, con otra gente, imaginaria o real, y tengo que decirte que tengo miedo de que algún día el manantial de mi fantasía termine topándose con el manantial de otra fantasía, y que juntas se hagan un río, porque los ríos buscan siempre a otros ríos y unidos se hacen caudalosos, mueven piedras, excavan cañones, y al final llegan al mar.

Dentro de muy poco estaré entrando por la puerta de casa y no soy capaz de imaginarme nada, ni de pedirte que te imagines nada, como le pide el amante a la amada en esta carta. Tampoco tú te imaginarás nada. Llegaré un sábado muy de mañana y nadie vendrá a recogerme, tomaré un taxi a casa y solo Tico me recibirá en la puerta, correrá alrededor de mí agitando el rabo, tan alegre de verme como cada vez que me ausento aunque solo sean un par de horas, tú habrás organizado que alguien lleve a Carlos a su partido de fútbol para poder quedarte en la cama, el desayuno estará sin servir, Carmen saldrá a darme un abrazo en cuanto oiga a Tico saltar y escuche mis pasos por el pasillo y correrá hacia mí gritando ¡Papá! ¿Qué me has traído? Tú no te moverás de la cama, pero estarás despierta haciéndote la dormida para que nadie te exija que le hagas el desayuno, o estarás leyendo el periódico en el móvil, Sergio no se despertará hasta que le saquemos de la cama y no se sorprenderá de verme de vuelta porque ni sabe ni le importa cuándo me voy ni cuándo vuelvo si no es para que le lleve a comprar algo que tú te hayas negado a comprarle. Así imagino que será mi vuelta a casa.

Quisiera que como en esa carta de Bill a Meta nos apeteciera jugar a imaginar que puede ocurrir otra cosa diferente de la que en realidad sabemos que va a ocurrir cuando aterrice en Madrid el sábado por la mañana. Pero no me veo pidiéndotelo, me resulta ridículo, veo un titular de la sección de consultorio de pareja de una revista femenina. Consejos para reavivar la pasión en tu matrimonio. Juego de roles para poner un poco de picante a tu relación. Aprende a compartir tus fantasías con tu pareja. Y lo cierto es que no va por ahí, no se trata de hacer que un polvo nos sepa a más porque tú te imagines que yo soy un bombero o yo me imagine que tú eres una policía o algo así, no va de imaginar que somos otros, sino de imaginarnos juntos a nosotros mismos.

No creas que tengo claro lo que quiero decirte con todo esto, la verdad, solo sé que he leído esa carta y a pesar de no entender bien qué dice, algo en ella me hace sentir muy lejos de ti, y profundamente solo, y me ha entrado la angustia de volver a casa, y de seguir estando solo y lejos, a pesar del polvo semanal, de la mamada compasiva, de la clase de baile, de nuestra noche de cine, de la escapada de julio a Escocia, de todas esas rutinas que establecemos para poder sentir que somos aún una pareja. Me aburro. Me aburres. Nos aburrimos. Probablemente no sea más que eso, aburrimiento. Tedio. Ni más ni menos que la mayoría de parejas que conocemos. Puedo escuchar a mi padre diciéndomelo en una lluviosa tarde de domingo en Santander, él tratando de dormir una siesta y yo zarandeándole para que me dé una solución al tedio: papá, me aburro, qué hago, dime qué hago, y él, que está medio borracho después de la comida, termina por apartarme a manotazos ciegos como si espantara a un mosquito y me grita que aprenda a aburrirme, que en la vida me va a tocar aburrirme mucho, que más me vale que empiece ya a aprender eso, que es más importante que las tablas de multiplicar y que como le vuelva a despertar de la siesta para decirle que me aburro me dará un bofetón y lo tendré bien merecido.

Yo creía que había aprendido ya a aburrirme con dignidad estoica, con ese orgullo que provoca el pensar que uno ya se ha hecho sabio y es capaz de sobrevivir a esa ansiedad que se acumula en el pecho el domingo por la tarde al contemplar una semana más que se nos va y otra que se nos viene encima con más de lo mismo. Ya sé cómo se vive, creía, ya tengo las aficiones y las rutinas que me permiten reducir el mundo entero a un aquí-y-ahora, aquellas que hacen que todo lo que no está en mis manos desaparezca (esa farsa que algunos llaman desvergonzadamente *the power of now* o describen como momento zen) y entonces llega el domingo por la tarde, con su tedio insoportable y yo, completamente solo ante ese tedio, desmonto el carburador de una moto, pongo el último vinilo que me he comprado y cuezo un conejo de monte en un caldo para preparar un escabeche, embotarlo con una etiqueta y pensar a quién regalárselo que no esté ya harto de mis escabeches, y después me limpio las manos, os hago la cena, le hago la guerra de cosquillas a Carmen, saco a Tico a hacer pis y marcar territorio, me tumbo a tu lado con un libro o una revista, igual que tú estás tumbada a mi lado con un libro o una revista, y no nos imaginamos nada juntos ya, se nos olvida el beso de buenas noches casi siempre, pero terminamos el día leyendo, porque no hemos dejado que ningún tipo de pantalla entre en ningún dormitorio de esta casa, móviles, y tabletas quedan confiscados en el baúl rojo del pasillo, bajo llave, junto a los dispositivos de los niños, seguimos usando viejos despertadores, que programamos el domingo por la noche como si fuera un acto de resistencia cultural frente a una población embrutecida por el abuso de dispositivos móviles, y así acabo el día, pensando que hemos logrado esquivar una vez más la embestida del hastío dominical, que ya sabemos sobreponernos a las tardes de domingo. Pero luego cojo un día un avión, llego a Austin, me topo muy casualmente con estas cartas y me doy cuenta de que todas esas aficiones y rutinas (todas menos las guerras de cosquillas con Carmen cada noche, que me dan la vida) no son más que los velos que me pongo delante para ocultar la degradación del terreno en que pacemos, de ese jardín que ahora es un páramo. Esta correspondencia me sugiere que es preciso mantener los velos y los biombos, porque según releo de manera impúdica las fotos que tomé de todas las cartas de Bill a Meta, y veo el paso de los años por ellas, compruebo que Bill no consiguió huir del tedio del matrimonio ni con una amante, ni con todos los recursos de su imaginación, la huida duró bien poco, si acaso tres o cuatro años, después termina por escribir una y otra vez la misma carta desmemoriada, *the thrill is gone*, el truco deja pronto de funcionar, y cuando ya se ha dado cuenta de ello, Bill empieza a sentir la nostalgia de los comienzos, y tras esa nostalgia, que es la última forma de amar y que también termina por consumirse, vuelve el tedio del que uno pretendía huir y lo peor es quedar atrapado en una doble vida en que ninguna de las dos vidas es una escapatoria de la otra: es el tedio por duplicado, el tedio del matrimonio alternado con el tedio de una aventura.

Me pregunto si el tedio es lo que nos espera, si debemos resignarnos sin más, y aceptarlo como hace Bill al final, que desiste de hacer el esfuerzo de buscarse una coartada para ir a ver a Meta, que abandona la escritura, y que se entrega al fin a la caza y a la cría de caballos, me pregunto si de una manera liberadora *I have retired from literature, and don't have any California contacts anymore to get me out there.* Quizás el camino más sabio sea volcarme en pintar mis motos y cambiarles las piezas, dejar de escribir nimiedades para periódicos y revistas, coleccionar vinilos hasta que nos pulamos tu herencia, llenar la despensa de botes de salsas y escabeches caseros y buscar conversación con los viejos amigos en los mismos bares. Poder decir un día, como Bill en esta carta tan tranquila de 1960, que es la última de toda esta correspondencia, *my life is mostly horses now* (Mi vida ahora son básicamente los caballos).

Mrs. Meta Rebner
Statler-Hilton Hotel
Hartford, Connecticut

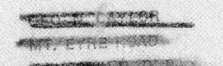

AIR MAIL

```
                                        Friday
Dear Meta:

         Am still here, busy now schooling my horses
for a horse show first week in August. I cant come up
East this week.

         I got the pictures, thank you, dont have any
of myself, haven't been photographed in several years.
But I will get hold of somebody with a camera and have
some made for you.

         I have retired from literature, and dont have
any California contacts anymore to get me out there.
Maybe I can cook up one somehow. My life is mostly horses
now. I belong to two hunts in Virhinia, am there near
Charlottesville from November to New Year's, here in
Miss. for bird shooting January, Feb. 15th, then in
Va. again to finish fox hunting season. Have broken two
ribs and one collar bone so far, but nothing shows with
my shirt on.

         I have lost your Cal. address. Please send me
again. I dont remember where I filed it away.

         Love to Sally and John.

                                        Bill
```

Querida Meta:

Sigo aquí, ocupado ahora en la doma de mis caballos para un espectáculo ecuestre la primera semana de agosto. No puedo viajar a la costa este la próxima semana.

Me llegaron las fotos, gracias, no tengo ninguna de mí, no me he hecho una foto en muchos años. Pero buscaré a alguien que tenga una cámara y me haré unas para ti.

Me he retirado de la literatura, y no tengo ya ningún conocido en California que me pueda invitar allí. Quizás encuentre la manera de inventarme alguno. Mi vida ahora son básicamente los caballos. Estoy abonado a dos cotos de caza en Virginia, estoy cerca de Charlottesville desde noviembre a fin de año, aquí en Misisipi para la veda de aves desde enero al 15 de febrero, luego de vuelta en Virginia para la temporada de la caza del zorro. Llevo ya rotas dos costillas y una vértebra, pero no se me nota nada con la camisa puesta.

He perdido tu dirección de California. Por favor, envíamela de nuevo. No recuerdo dónde la archivé.

Recuerdos para Sally y John.

Bill

Con qué imprudencia he abierto esta caja de cartas que no sé si hubiera preferido ignorar. Insisto, solo pensaba detenerme en ella el tiempo que hubiera empleado en sacar una foto con la que fabricar el equivalente a una postal que muestra un curioso paisaje y dice *hola, desde aquí me acuerdo de ti*. Solo quería provocarte una ilusión parecida a la que le hizo a tu abuela ese frasquito que le traje de Israel con agua del Jordán, un río en el que yo no metería un pie y que para ella era estar muy cerca de Dios. Los griegos ya advertían del peligro de abrir cajas cuyos contenidos desconocemos, y nosotros hemos convertido en delito particularmente repugnante el abrir la correspondencia ajena. Claramente he sido castigado por mi temeridad, y la pena impuesta ha sido la de comprender ahora, diecisiete años después, de qué iba esa novela que me regalaste antes de que empezáramos a salir, cuando aún tratábamos de deslumbrarnos el uno al otro, de darnos a conocer en nuestra mejor versión, de colocar en nuestras respectivas casas objetos de alta gradación sentimental. Yo te regalaba CDs con listas de mis canciones favoritas y tú, que leías mucho entonces, me hablabas de *Las palmeras salvajes* como si fuera tu credo, y yo no entendía nada de lo que querías decirme con aquello que decía el libro, pero me aliviaba saber que aunque no hubiera entendido nada, aunque ni siquiera hubiera disfrutado particularmente de esa lectura, seguías estando dispuesta a pasar las noches en mi piso, para hablar de lo profundo, follar como leones y despertarnos abrazados cada día, y en ese momento mi vanidad se veía colmada por la idea de que salía con un pibón que se emocionaba con novelas sesudas que yo no era capaz de terminarme. Ahora que he leído estas cartas, pienso que jamás entendimos nada de esa historia cuya frase final te hubieras tatuado —aunque quizás me equivoque y era precisamente entonces cuando lo entendías y ahora ya lo has olvidado. Puedo decir que por fin ya he entendido qué es la nada y qué es la pena cuando tu amigo Bill proclama eso de que *entre la nada y la pena, elijo la pena*. Creo que tú y yo estamos ya tan cerca de la nada, que apenas sentiríamos pena de perdernos el uno al otro. ¿Qué es lo que queda entre nosotros realmente, aparte de una serie de rutinas con las que hemos mecanizado nuestro matrimonio? Para poder elegir entre la nada y la pena, se necesita algo que perder, y temo que sin darnos cuenta, hayamos hecho ya nuestra elección.

Te lo explico, aún a riesgo de ser acusado de *mansplaining*. Era todo una perogrullada, es el cuento que nos han contado mil veces en telenovelas, en canciones, en el poema más cursi, es un lugar común inevitable, hablamos del desgaste, que es lo que hace que un día te despiertes y no quede absolutamente nada. No hace falta leerse *Las palmeras salvajes* para eso, es demasiado complicado, corres el riesgo de no enterarte de qué va el libro, como nos ha pasado a nosotros, el propio Bill prefiere asegurarse de que Meta lo entiende en su carta más triste, después de un largo periodo de silencio: se lo explica con sencillez, en un par de frases, y le ahorra así la incierta comprensión de esa novela que tú me hiciste leer sin haber entendido y que tampoco entendí yo. Esta carta es la que más te sorprenderá, deberían ponerla como epílogo de la novela, para los que no lo pillamos:

Friday.

Are you still there? I have two books for you,
when I know where to send them.

They had what they call the 'world premiere' of
MGM's INtruder in the Dust here this week. I
thought it was a very fine job; wished I had
been Clarencee Brown, who made it.

I dream of you quite often. At first I thought
too often, dreaded sleep sometimes, or waking.
But now it is not so grievesome. I mean, no less
grievesome, but I know now grief is the inevictable part of it, the thing which makes it cohere;
that grief is the only thing you are capable of
sustaining, keeping; that what is valuable is _shabbily,
what you have lost, since then you never had the
chance to wear out and so lose it, Darby and Joan
to the contrary. And, as a character of mine said,
who had lost hi s heart his love by death: 'Between grief and nothing, I will take grief.' I
know that's true now, even though for a while
after September in 1942 and again after July
in 1943, I believed different.

Give my best to Sally and John. I'll send the
books when I know where.

Bill

Fíjate que al tipo no le basta con decir *wear out*, tras leer la carta, tiene que añadir después a mano eso de *shabbily*, para insistir, sin temor a ser redundante, en la idea del desgaste.

> **shabby**
> adjective, shab·bi·er, shab·bi·est.
> 1. impaired by wear, use, etc.; worn: shabby clothes.
> 2. showing conspicuous signs of wear or neglect: The rooms on the upper floors of the mansion had a rather shabby appearance, as if they had not been much in use of late.
> 3. wearing worn clothes or having a slovenly or unkempt appearance: a shabby person.

La música popular, que se reboza alegremente sin sonrojarse en la pocilga de los lugares comunes, habla muchas veces de lo mismo, de manera tan explícita y obvia, que uno tampoco aprehende el mensaje, por mucho que lo haya memorizado y berreado. Rocío Jurado lo expresa como ya hubiera querido Faulkner cuando canta eso de que *se nos rompió el amor de tanto usarlo*, y Neil Young es el autor de ese lema del rock emparentado con la moraleja de *Las palmeras salvajes*: *it's better to burn out than to fade away*. (Mejor arder que desvanecerse.) Me has oído cantarla mil veces, sabes cuál es, pones cara de otra-vez-mi-marido-borracho-repitiendo-las-mismas-gracias cada vez que la toco al final de una noche. Es de un álbum suyo que se llama *Rust Never Sleeps*. El óxido nunca duerme. El tipo lo tomó prestado de un anuncio, era el eslogan de Rust-Oleum, un fabricante de productos químicos para proteger contra la voracidad de ese óxido insomne e infatigable a coches, barcos, todo tipo de vehículos metálicos. En el garaje verás que tengo decenas de aerosoles y lubricantes de esa marca, tienen pinturas hasta para tubos de escape que aguantan temperaturas infernales. Estaría bien haber descubierto a tiempo el potingue que había que echarle a lo nuestro para haberlo prevenido del óxido.

Lo cierto es que con mimo también se recuperan motos carcomidas, acuérdate de los años que me he pasado restaurando la Sanglas, tardé uno entero hasta que arrancara y mira cómo luce ahora. Qué bonita metáfora con la que engañarse, ¿verdad? La solución parece fácil cuando me la cuento como si fuera un trabajo artesanal de chapa y pintura, ese proceso de restauración que obra el milagro de transformar algo viejo y deslucido en un lustroso objeto de deseo *vintage*. El caso es que es fácil reparar una vieja moto carcomida o averiada, pues lo que está roto u oxidado es evidente al ojo, al tacto y al oído, basta con meterle tiempo y empeño para hacerla arrancar de nuevo. Lo nuestro también podría ser un viejo vehículo averiado, pero por mucho empeño que le pusiera no tengo claro dónde está el motor, de qué piezas se compone, cómo se desmonta o cómo se vuelve a armar para hacerlo arrancar de nuevo. Y si arrancara milagrosamente tampoco tengo claro que supiéramos a dónde ir. Ni siquiera sé si esta afición a la mecánica casera puede ofrecerme algún asidero metafórico para poder entender el problema (si es que puede ser entendido) o encontrar su solución (si es que la tiene). Sospecho que mi falta de capacidad para diagnosticar lo que nos pasa con exactitud se debe a que no nos pasa nada juntos, sino que a mí me pasa una cosa y a ti otra: no sé si compartes mi percepción de que tenemos un problema o si por el contrario, sientes que este malestar tan tenue e inconcreto al que llamo tedio es una deriva previsible de toda relación y te has propuesto soportarlo tan resignadamente como uno acepta la presbicia o un pitido en un oído a partir de los cuarenta.

Lo que sí se me ha hecho del todo evidente al abrir esta correspondencia es que para mí lo nuestro se ha vuelto una enfermedad crónica y degenerativa, y que no me atrevo a volver a esos domingos por la tarde junto a ti sin proponer una terapia experimental —aunque sea más ineficaz que el humidificador que le pones a los niños para que dejen mágicamente de toser.

Esta correspondencia, que me va iluminando todo lo que no sabía que echaba de menos y todo lo que me terminará resultando insoportable, es también donde creo que he encontrado la pista del posible remedio. Está en esta carta que te copio, y que es mi favorita de todas ellas, que son unas cuantas y que ya te enseñaré al llegar a casa. Más que una carta es el *storyboard* que rememora en viñetas lo que parece haber sido un buen día haciendo cosas juntos, desde el amanecer en la cama hasta la hora de acostarse. A pesar del coñazo que ha sido el congreso este, siento que el viaje a Austin ha merecido la pena solo para sujetar esta carta en las manos y observarla detenidamente.

Sunday night.

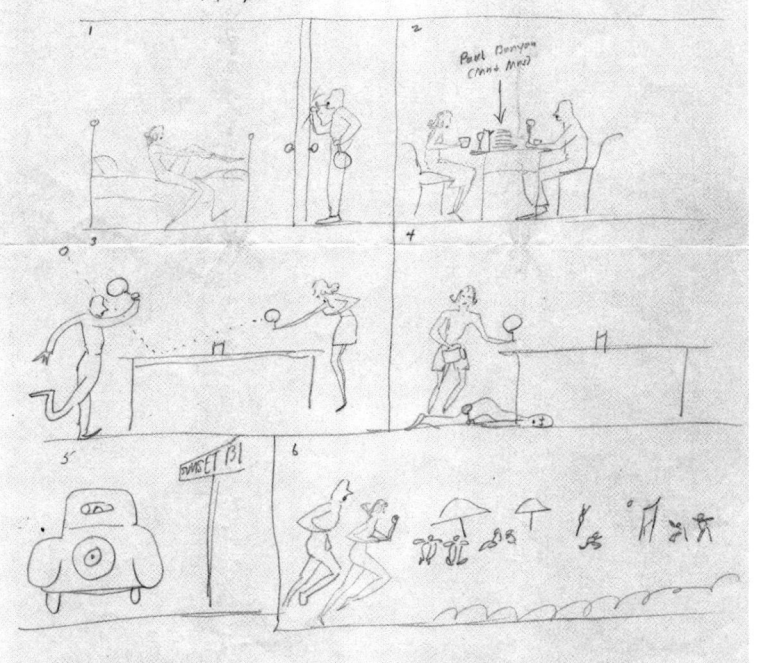

Since you have just waked up, this won't be
good night. but good morning. And here's the funny page all
ready for you.

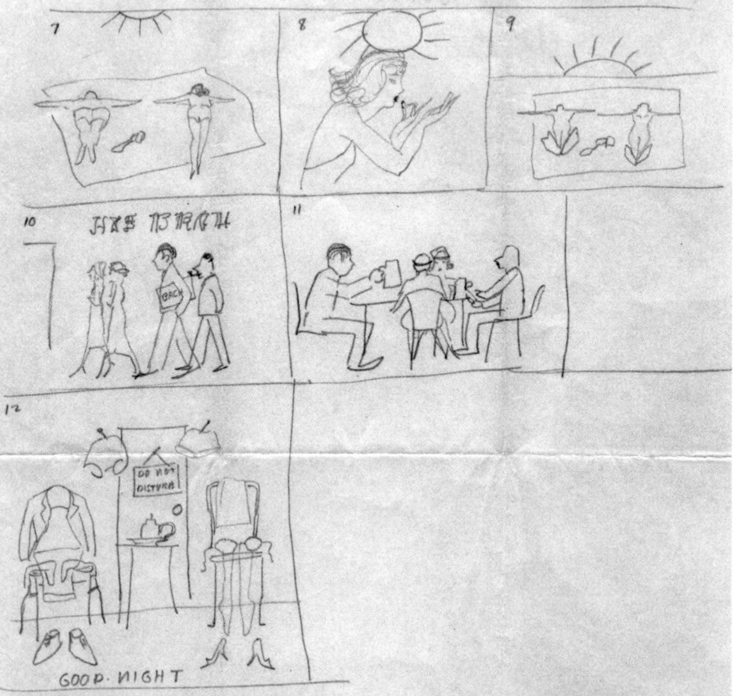
7
8
9
10
11
12
DO NOT DISTURB
GOOD-NIGHT

En la primera viñeta Meta se levanta de la cama desnuda y se pone una media en su pierna larguísima, al otro lado de la puerta del dormitorio, Faulkner llama ansioso con una mano y con la otra sujeta una pala de ping-pong. Se autorretrata sin más rasgos que un bigote y una pipa.

Le sigue una segunda viñeta donde ambos desayunan frente a frente y sobre la mesa hay lo que parece ser una exagerada torre de tortitas apiladas en un plato.

Después vienen dos viñetas de una violenta partida de ping-pong en la que por lo que se ve, Faulkner acaba bajo la mesa, tirado por los suelos, agotado, derrotado. Meta está de pie, impertérrita, ganadora.

Luego un coche de superficies muy curvadas con una rueda de repuesto en el maletero pasa junto a una señal en escorzo donde pone Sunset Blv. Por la pequeña ventana trasera, de esquinas redondeadas, se percibe un detalle que cuesta un rato descifrar: hay dos círculos, son las cabezas de ambos, la cabeza de Meta apoyada sobre la de Bill. Es un paseo en coche.

En la siguiente viñeta ambos están corriendo por la playa, al fondo se distinguen figuras de palo, unas son personas sentadas bajo sombrillas, y otras son garabatos que representan a deportistas a punto de saltar, hay una red, juegan al vóleibol.

Luego Meta y Bill toman el sol tumbados boca abajo, con los brazos en cruz, comparten una misma toalla enorme, sobre ellos hay un gran sol que empieza a bajar.

Ella se pinta los labios en la siguiente viñeta, es un primer plano de perfil, el punto de vista de Bill, que se fija bien en ese instante. Los labios están en el centro de la imagen, los dibuja apretando fuerte el lápiz contra el papel hasta conseguir el trazo más negro, esos labios tan solo son un borrón, pero en ellos se concentra un brillo oscuro y me imagino a Faulkner presionando casi hasta partir la punta para que en esa mancha aparezcan con vida propia los labios de Meta que tanto desea volver a besar.

En la siguiente viñeta ambos retozan mirando al cielo del atardecer, sobre la misma toalla, el sol está ya medio hundido bajo el horizonte marino.

Después se juntan con una pareja de amigos, y los cuatro toman jarras de cervezas sentados en torno a una mesa cuadrada de un bar.

En la última viñeta ya no hay nadie, es la única en que no hay gente. Muestra las ropas de Meta y las de Bill colgadas de sendas sillas, calcetines, chaquetas, ropa interior, un cartel de DO NOT DISTURB cuelga de la puerta de lo que parece una habitación de hotel, debajo pone *Good Night*.

Si te fijas no ha pasado nada excepcional, nada parece demasiado planificado, es todo una sucesión de placeres gratuitos como tomar el sol, tan poco exigentes como el ping-pong de salón, o tan baratos como una cerveza. Aun así me parece que esta carta muestra de manera muy reveladora la verdadera anatomía de ese raro accidente que es un día perfecto: un hombre y una mujer que se buscan desde la hora de despertar para hacer cosas juntos y disfrutan de ello hasta la hora de acostarse. Parece fácil.

Hay algo en este *storyboard* que me lleva a días casualmente memorables que hemos pasado juntos, los días a los que me gustaría que nuestra vida se pareciera. Ahí estarían seguro un día de perderse paseando por la ciudad, uno de comilonas que se encadenan sin salir jamás de nuestra cocina, otro día de quedarse remoloneando en la cama desnudos, un día de planificar viajes que nunca vamos a hacer y de diseñar casas que nunca vamos a tener, un día de construir, lijar, pintar o empapelar algo, de tirar cosas, cambiar los muebles de sitio, un día de ebriedad encerrados en un hotel, un día de vestirnos de otras personas. Todos ellos son días que ahora, según los analizo, fueron improvisados sobre motivos y melodías muy básicas que ambos conocíamos bien —un paseo sin rumbo, una comida con mucho antes y después, la construcción de lo inalcanzable, una visita a los paraísos artificiales— y que nos permitían inventar solos fluidamente, simultáneamente, por turnos, sin desdibujar la canción, y volver a aterrizar sobre el coro al unísono, construir el puente de la canción y retomar juntos la melodía para llegar con ella hasta la hora de acostarse. Hay que identificar esos días perfectos y transformarlos en arquetipos que funcionen como los *standards* en el jazz, días amados a los que les hemos extraído su melodía para poderla usar de base, de plantilla, para tocar de nuevo en pareja e improvisar juntos en otro momento. Días que no necesitemos explicarnos ni recordarnos el uno al otro, que sean parte de un repertorio a prueba de óxido, que no admita desgaste, como los *standards* de jazz que jamás se desgastan, que pueden tocarse mil veces, ser siempre distintos sin dejar de ser nunca ellos mismos.

Me pongo a mirar esos días, los que creo que contienen el potencial de hacerse *standards,* y me doy cuenta de que no he mencionado un solo plan con niños. Lo cierto es que no busco la realización como pareja en un momento de comunión familiar, nada me espanta más que cuando oigo a tu hermana hablarle a Emilio delante de sus hijos, llamándole papá, diciendo jolines en vez de joder. Lo hace también Felipe, que le llama mamá a Andrea delante de su niña, y no tiene ya una foto en su casa o en la pantalla del móvil donde no salgan los tres juntos, piensa sus vacaciones en función de los parques de atracciones que pueda visitar con la niña, hace los menús de la semana teniendo en cuenta lo que le gusta a su hija y lo que no. Yo ya estoy colmado como padre, hago cosquillas a Carmen cada noche, veo las carreras de motos con Carlos y escucho discos con Sergio, no pienso buscar aquello que nos une a ti y a mí en el hecho de que seamos padres de los mismos niños, en esa farsa del «proyecto común de pareja», ya has oído lo que pasa cuando el padre suplanta al cónyuge, pasa que el día que los niños se van de casa no te queda más que un desconocido ajado con el que te cruzas por el pasillo de tu casa vacía, y aunque no lo parezca, nos queda poco para eso.

En todo este tiempo hemos olvidado cómo hacer juntos un día perfecto, somos incapaces de arrancar espontáneamente con esa vieja melodía sobre la que improvisar a dúo, nos salimos de la canción todo el rato, estamos tocando sin escucharnos, la intensidad se pierde pronto y todo parece previsible y recitado a media voz como recitan las viejas en misa. El ejemplo perfecto fue la escapada a Palermo el mes pasado, sin ir más lejos. Permíteme que te lo pinte descendiendo al detalle, parándome en esas pequeñas distracciones, gestos e interferencias que terminan por transformar un día que quisimos que fuera perfecto en una pequeña decepción. No es por echarte nada de esto en cara, seguro que tú podrías completar este análisis aportando detalles similares con los que yo te irrité de forma inconsciente (o no), pero sospecho que eso no cambiaría mucho el análisis.

El día se empezó a torcer por un exceso de rigidez en su programación: te empeñaste en ir al restaurante que te recomendó Stefano, un animal de gimnasio al que no le gusta comer y que por tanto confunde comer bien con gastar mucho dinero, que además es de Milán, que lleva en Madrid diecisiete años y es tan turista en Sicilia como nosotros, súmale a eso que es el tipo de persona que prefiere la muerte a confesar que no tiene ni idea cuando le preguntas algo que no sabe, no puede soportar no tener al menos treinta recomendaciones, pero tú le aceptas que nos haga la reserva como si nos hiciera un favor, como si no se pudiera reservar en inglés, o por internet, solo lo hace para hacerte la pelota porque eres su jefa, encima la caga, porque vamos ahí y la pasta está templada, y a ti te escuece que las cosas cuesten más de lo que estimas que valen, de modo que te pasas la comida cabreada diciendo que es un timo y ya no se puede hablar de otra cosa, hasta que Stefano te manda un mensaje y tú le contestas que todo está fenomenal con siete emoticonos, y después te acuerdas de que le tienes que decir algo de cómo quieres que organice los desayunos de un ciclo de conferencias, y le llamas, y te parece que a mí me ha de dar igual porque es gay y eso quiere decir que no pasa nada, pero pasa que yo estoy contigo, comiendo en Palermo, y tú no estás conmigo. Que yo más de lo mismo, yo saco el teléfono y empiezo a contarle lo bello que es Palermo al primero que me conteste, envío indiscriminadamente una foto de una buganvilla enredándose en una mata de jazmín y todo ello desbordándose por una vieja tapia, y pronto tengo a mi hermana diciéndome qué envidia de viaje, que quiere más fotos, que si he visto algún mafioso, y así yo también dejo de estar. Cuando por fin te das cuenta de que somos una de esas mesas de dos que no tienen nada que contarse me propones con una sonrisa que apaguemos los teléfonos hasta la ópera, y entonces es mucho peor, porque se hace más evidente que nunca que verdaderamente no tenemos nada que decirnos, y en ese esfuerzo comentamos si debiéramos seguir insistiendo en que Carlos vaya al fútbol los fines de semana o dejarle hacer lo que le dé la gana, si ponemos suelo radiante y nos cargamos los radiadores, luego le damos el repasillo al último implante capilar de tu tío y pronto nos volvemos a quedar sin nada que decir, ruidos de cubiertos contra el plato, miradas a otras mesas, tú me dices que no era para tanto la pasta, insistes en lo caro que es, proclamas ya cabreada que no piensas dejar más de un euro de propina, yo ya te he dejado de escuchar y estoy repasando todos los bares por los que hemos pasado de camino y sobre los que te dije por qué no mejor vamos a esos y anulas la reserva, y tú que no podíamos anular cinco minutos antes de comer, eso era una canallada, que había que ir a esa mierda de sitio al que nos mandó Stefano sin tener ni puta idea, y aquí es donde tengo que decirte que aquellos que realmente se despertaron juntos con el impulso de construir su día perfecto salen de un restaurante caro y decepcionante con una sonrisa, encuentran la manera de darle la vuelta al asunto, basta con montarla, con salir corriendo sin pagar, con llamar al chef y cantarle las cuarenta, con emborracharte hasta tirar la copa al suelo tres veces y te pidan entonces que te vayas, como esa vez en ese japo de moda de Londres, donde nos sacaron un sashimi de ventresca incomestible y tú les dijiste que yo provenía de una estirpe de pescadores del Cantábrico, que era dueño de una flota de atuneros, oceanógrafo, experto de talla mundial en la anatomía del atún y el jefe de sala se puso rojo, y salió hasta el chef a disculparse, y nos invitaron a más sake del que podíamos beber, y tú vomitaste en el baño, dejaste la taza y parte de la pared como un Pollock, y saliste de ahí cantando rancheras, con la parte de atrás de la falda metida entre las bragas, y yo te lo advertí y tú me dijiste que te la habías metido a propósito para dar la nota, a ver si nos echaban de aquel sitio sin pagar. Ese fue un día para el repertorio de *standards,* si lo hubiéramos invocado, le habríamos dado la vuelta a la comida de Palermo, pero nos quedamos mirando el plato, diciendo que no estaba bueno, que nos parecía caro, que hubiera sido mejor ir a otro sitio y no era cierto, porque podríamos haber imaginado mil maneras de convertir esa comida en una fiesta, como lo hicimos con la del japo infecto, que no hubiera cambiado por ningún otro japo del mundo, ninguno, porque fue una de nuestras cenas más memorables y felices precisamente por lo malo que estaba todo. Es al espíritu de ese día al que tendríamos que haber vuelto, pero no, tú pediste agua con gas, rechazaste el chupito de *grappa* que te ofrecieron, y sacaste la calculadora del teléfono para sumar minuciosamente cada ítem de la cuenta, con ánimo de pillarles en un error y confirmar la intención estafadora que les suponías, y era la *grappa* y no la calculadora por donde había que haber tirado, yo acepté el naufragio de ese día y no hice nada para reflotarlo. Y esto era solo un ejemplo, no te estoy diciendo que la solución para todo sea siempre tirar del manual de *sex & drugs & rocknroll* y bajarse una botella de *grappa* como si fuera un biberón.

Voy algo tocado ya, así que me vas a perdonar si empiezo a decir tonterías, estos ejercicios de introspección/retrospección/futurología funcionan mejor observando una nube densa de humo de puro ascendiendo frente a tus ojos como si fuera una bola de cristal (acabo de comprobar en Wikipedia que los griegos lo llamaban capnomancia), y no puedo fumar un puro si no tengo una copa de algo fuerte para aclararme la boca, y aquí estoy en una terraza de NYC terminando esta carta con la que llevo todo el día, y encadenando consumiciones de manera peligrosa, pero bueno, ya tú sabes, corazón, *in vino veritas*. El mismo Platón libaba hasta el amanecer para poder hablar del amor en condiciones.

Como ahora estarás pensando que siempre lo arreglo todo con alcohol, te voy a poner otro ejemplo perfectamente sobrio y sereno, y al contrario que con la cena en Palermo, aquí te evoco un día que empieza torcido y que termina descubriéndonos una melodía que me gustaría llevar al repertorio. Sergio tenía un año cuando lo dejamos una semana de julio con mis padres en Santander, desde que nació era la primera vez que nos lo quitábamos de encima unos días. Nos fuimos justo antes de comer, en cuanto Sergio se quedó dormido, para que no nos entrara la modorra conduciendo. Volvíamos a estar solos los dos de repente y teníamos una semana por delante, la primera semana solos desde que fuimos padres. No podía esperar a salir corriendo de casa de los míos, acuérdate de cómo se enfadó mi padre porque había comprado nécoras y percebes para el aperitivo y no quisimos ni probarlos. Empezó a diluviar justo antes de subirnos al coche, y mi madre diciendo que esperáramos a que escampara, que nos íbamos a matar con esa lluvia. Ni nos duchamos para quitarnos la sal del baño de la mañana. Tú estabas angustiada, como si estuvieras abandonando a tu hijo en el portal de una iglesia. Había que poner las luces de niebla, se había hecho de noche en pleno día, los limpiaparabrisas ya no podían achicar el agua que nos caía con tanto estruendo que ni se oía la música en el coche, a cada curva ponías las manos sobre el salpicadero y cerrabas los ojos como si quisieras parar el golpe de un accidente que haría de tu bebé un huérfano, no adelantes, me pedías aterrada, aunque haya que ir a treinta. Al fin pasamos los montes y la tormenta quedó atrás. Se abría ante nosotros un mar amarillo de trigo segado bajo un cielo azul, con playas de tierras ocres, pequeños atolones verdes formados por choperas que esconden arroyos secos, pueblos de nombres compuestos encallados como barcos abandonados, las torres de sus iglesias haciendo de faros, las únicas líneas verticales en el horizonte de la Tierra de Campos. Yo quería ir a Madrid sin parar, adelantando camiones de cinco en cinco, aparcar el coche encima del paso de cebra si hiciera falta y ya con los abuelos y el bebé tan lejos, follarte en el portal, en el ascensor, en el pasillo, en el cuarto, quitarte la sal del mar a lengüetazos, ducharnos juntos después y salir corriendo al cine a la sesión de las ocho, tomarnos unas tapas, unas cañas, solos, ¡por fin solos! Tú empezaste a salir de tu nubarrón de angustia en cuanto dejamos atrás las montañas y viste campo abierto, rectas largas, el espejismo en el asfalto abrasador, yo empecé a leer en alto los nombres compuestos de los pueblos, tú te acordaste de que te habían comentado algo sobre una iglesia muy bonita en Carrión de los Condes, me propusiste parar a verla, yo dije que quería llegar del tirón, discutimos, no entendías a qué tanta prisa, yo estuve a punto de decirte que ese desvío nos costaría el polvo que aún podríamos echar antes de la sesión de las ocho, que incluso podría costarnos el cine de las ocho, y entonces solo quedaría la sesión de noche, y no habría cañas y tapas después del cine porque sería demasiado tarde, pero también pensé que si ganaba esa discusión llegarías enfadada a Madrid, y no habría ya polvo, ni probablemente cine, ni cañas, casi todo mi plan estaba perdido ya, solo me quedaba salvar el polvo de llegada y renunciar a todo lo demás, solo veía ya derrotas futuras, tú me pediste que te hiciera caso por una sola vez en la vida, que había que ver esa iglesia, me aseguraste que me gustaría, yo recogí el guante y te dije que si nos íbamos a desviar, que nos desviáramos ya del todo, *let's go deep*, y propuse que parásemos también a ver la villa romana que había en Saldaña, que llevaba años queriendo ver sus mosaicos y que siempre decíamos que un día pararíamos a verlos, y al final nunca parábamos por ahí, porque un santanderino sube por la carretera con tanta ansiedad de ver el mar y vuelve por ella tan harto de rabas, caricos y familia, con tanta prisa de llegar al anonimato de Madrid, que no se para nunca en Palencia. Era aún la hora de comer, el sol y el termómetro estaban en lo más alto, y dijiste que vale, que había tiempo para todo, qué más nos da la hora de llegada, dijiste, te pedí que sacaras el mapa de carreteras de la guantera, porque aún era esa época en que el GPS era algo incierto y se conducía mejor con mapas, y salimos de la carretera para mirarlo, paré el coche al borde de un camino de tierra, el viento se llevó una nube de polvo, empecé a oír los grillos y entonces sentí una euforia inesperada: abríamos un mapa, los dos solos al fin, fuera del camino, habías dicho que daba igual la hora, y de repente así fue, me daba igual, renuncié alegremente a mis planes, el tiempo ya había perdido su estructura. Abrí el estuche de los CDs, en busca de un gran disco de carretera, ansioso por escoger uno, dubitativo, había tantos que me parecían buenos que empecé a angustiarme, era preciso acertar, el riesgo de fallar en la elección era fatal, en ese momento era la decisión más importante de nuestras vidas, me detuve en *Astral Weeks*, no podía ser otro disco me dijiste, tenía que ser *Astral Weeks*, y ya estábamos de acuerdo en eso, esperé a ponernos en marcha para dar al play, el viaje y la canción habían de empezar a la vez, subí el volumen hasta reventarlo, bajamos las cuatro ventanas, *if I ventured in the slipstream* me pusiste la mano en el muslo, *between the viaducts of your dream* yo saqué el brazo izquierdo fuera, abrí la mano para sentir la resistencia del aire abrasador *to be born again, to be born again*. Ponte esa canción ahora mismo, según lees esto, yo la escucho mientras escribo esto. Cierro los ojos, estoy en esa carretera, llegando a Saldaña, me daba igual llegar ya a los mosaicos de la villa romana, o a la iglesia de Carrión de los Condes, solo quería estar en esa comarcal, sin tiempo, contigo tocándome el muslo, agarrando el aire con la mano, escuchando *Astral Weeks*.

Pasamos por un campo donde había una mole de pacas amontonadas, te propuse parar el coche para subirnos a ella, tú me miraste con una sonrisa y me dijiste vamos, dejamos el coche en un camino de tierra, ni siquiera cerramos las puertas, corrimos hacia ese monolito efímero de sillares de paja, lo escalamos como si fuera la prueba de un absurdo concurso televisivo, las pacas no eran blandas ni inofensivas como parecían, nos clavamos los duros tallos del trigo cortado a cuchilla, nos raspamos, sangramos levemente por los brazos y las piernas, y llegamos arriba, muertos de risa, comparando nuestras heridas y desde ahí arriba contemplamos la monotonía del campo castellano, no teníamos cámaras en el móvil, ni redes sociales en que publicar nuestra gesta, y cuando nos hartamos de otear, nos tumbamos un momento en las pacas, como faquires, bajo un sol que nos abrasaba, juramos no olvidarnos nunca de que éramos unos locos, de que haríamos siempre cosas así, y luego bajamos de la mole de pacas, nos metimos en el coche, pusimos otra vez *Astral Weeks* desde el principio, llegamos a Saldaña, pasamos de comer, vimos los mosaicos de la villa, esas escenas agitadas, llenas de violencia real, de hombres y animales cazándose y mordiéndose los unos a los otros, en un suelo tan minuciosamente dibujado en teselas de colores, tanto trabajo solo para decorar el suelo que pisaban en una casa en medio de ninguna parte, y luego, salimos aún en ayunas y maravillados de aquel mundo pagano para ir a la iglesia que querías ver, estaban celebrando el final de una misa de tarde de domingo, llena de octogenarios, con algún cicloturista alemán haciendo fotos, y tú me dijiste que comulgáramos, que hiciéramos el viaje completo, porque el viaje siempre ha de ir de lo terreno a lo infinito, que con todos esos viejos de Carrión y en esa iglesia comiéramos el cuerpo de Cristo, cosa que no había hecho desde que hice la primera comunión, te seguí en tu *trip*, me sentía bien, capaz de dar sentido a cualquier rito, comulgué, después me arrodillé y en ese breve silencio tras la comunión pedí por que hubiera muchos más días así. Caminamos por el pueblo y nos topamos con un hotel apetecible en un monasterio, te recordé que si salíamos muy pronto, aún podía llegar a tiempo al comité de los lunes, tú estabas acabando tu doctorado entonces, no tenías ninguna clase el lunes, te daba todo un poco igual ese día, y seguíamos sin querer volver, pagamos por una habitación doble, nos dio la risa al ver que la cama tenía un dosel de mucha fantasía, en cuanto cerramos la puerta de la habitación empecé a ponerme ansioso, tú me dijiste que te acababa de bajar la regla, supe que no iba a haber sexo entonces, y en cuanto lo supe pronto sentí que me daba igual y te lo dije, porque habíamos tenido un día perfecto, y me sentía tan cerca de ti, solo quería estar abrazado a ti, y así nos dormimos, así nos despertamos.

Días así entonces nos podían llegar a pasar. A veces incluso nos pasaban. En esos días nos buscábamos y nos encontrábamos. Y de repente ya no vienen días de esos, por mucho que hagamos planes. Sabemos cómo se hacía, cuáles son los trucos, qué música hay que poner, dónde ir, cuándo, pero no funciona: *the thrill is gone*.

Podría ser que la clave no estuviera tanto en tener un repertorio de días para el recuerdo que quisiéramos repetir de algún modo, sino en nuestra disposición para vivirlos, en un deseo súbito de salir de la carretera que fuéramos capaces de compartir. Es importante la memoria de cómo salía un día perfecto, pero es más importante aún estar abierto a tenerlo, a seguir las pistas en cuanto asome la posibilidad de un gran día. Sé que la mayoría de las jornadas que nos esperan serán revisión de deberes, desayunos de yogur y fruta, colegio para los niños, oficina, un poco de tele o de libro que te dejarán dormida antes de medianoche, pero la puerta tiene que quedar abierta, no ya a tener un buen día, sino a que seamos capaces de imaginar juntos que lo tendremos.

Mañana cogeré el avión de vuelta, me hubiera gustado mandarte esta carta por mensajería urgente y que llegara antes que yo, quería que fuese una carta en papel, un sobre a tu nombre, matasellado aquí en NYC, con la fecha de mañana, sobre que cierro con mi saliva y que tú recibes sorprendida, porque ya no llegan cartas, menos de tu marido, y tú lo rompes y lo lees, quería imprimirla y meterle marginalia a mano, algún dibujo, algún tachón a bolígrafo como ese de *shabbily* en la carta de Faulkner, pero no me fío de que llegue a tiempo, o de que estéis en casa cuando llegue el mensajero. Te la mandaré por email antes del embarque, después de mandártela apagaré el teléfono y no lo volveré a encender hasta llegar a casa, no quiero saber tu reacción hasta verte. Este email te llegará antes de dormir, cuando estéis todos recogidos en casa. Te mandaré también un mensaje para avisarte de que te he enviado un correo. Un mensaje escueto pero efectivo, debe provocarte preocupación y urgencia, porque si no, no tengo claro que te vayas a leer un email mío tan largo, hace mucho que te aburre leer cualquier cosa que escriba. Será algo así como «Ha llegado el momento en que tenemos que hablar. Mírate el email que te mando». Supongo que el truco funcionará. No hay nada que dé más miedo que la frase «tenemos que hablar», te confieso que llevaba algunos años esperando el momento en que tú me lo dijeras a mí, y me imaginaba que todo lo que me dirías entonces sería mucho peor y más grave que lo que a fin de cuentas te he contado yo en esta carta. No te estoy diciendo que tenemos que separarnos, que he conocido a otra, que ya no aguanto más contigo. Me pregunto si te habré hecho reír y si te habré hecho llorar, si te habré tocado la fibra. Habré fracasado si no lo he conseguido, pero bueno, después de tantos años, supongo que eres bastante inmune a mi capacidad de manipular con el lenguaje escrito. En lo que queda de esta carta quiero jugar a lo mismo que Bill. Quiero que imagines conmigo mi llegada.

Es sábado por la mañana, te has despertado pronto para hacerle el desayuno a Carlitos, le han venido a recoger para su partido. Sergio y Carmen siguen dormidos, y tú te has vuelto a nuestro cuarto, te metes en la cama con un té. Sabes que en cualquier momento llamaré a la puerta, supones que vendré en un estado catatónico y que querré pasarme el resto del día en la cama, y que tendrás que hacerte cargo de los niños el resto del sábado mientras agonizo. Pero cuando llaman a la puerta, no soy yo, es mi prima María, que viene a hacerse cargo de los niños ese sábado, va a hacerles una pizza casera y se los va a llevar al cine y luego irán a cenar al VIPS y se quedará a dormir. María te dirá que te estoy esperando en el Hotel Orfila para desayunar, que le he dicho que te vistas guapa, con el vestido verde de flores, y que te pongas un sombrero. Te dirá también que no me llames, que tengo el teléfono apagado, que no pienso encenderlo hasta el lunes, que por favor vengas sin el teléfono. Tú ya has leído esta carta, y sabes que estoy tratando de que pasemos un buen día. Te prohíbo pensar en lo que nos costará esta aventura, será cara, no repararé en gastos, quizás hasta la tengamos que pagar con tu tarjeta, pero da igual, si no llegamos a fin de mes comeremos latas, no echarán a los niños del cole, en último caso le pediremos dinero a tus padres, que les sobra, y si no tienen, que le pidan al enfermo del marido de tu tía. Te advierto de que si traes el móvil te lo confiscaré, es más, puede que incluso lo destruya para evitar cualquier tentación que puedas tener de usarlo. Después del desayuno, que será largo y copioso, y además nos beberemos una botella de champagne (o dos), iremos al Prado. A ver solamente dos cuadros, yo ya he elegido el mío y tú deberás escoger otro. El mío es el de la marquesa de Santa Cruz, de Goya. Esa mujer con una lira y una corona de vides, que parece invitarte a la cama roja donde yace, en actitud de ofrecer su cuerpo. De ahí pasaremos al Real Jardín Botánico, y te llevaré al rincón de los tilos, que siempre está vacío, y allí, bajo la sombra de los árboles, te besaré y te meteré mano furiosamente, es importante que lleves el vestido verde porque me permitirá incluso follarte sentado en uno de los tres bancos que hay allí, ese será mi objetivo, aunque todo dependerá de que no haya nadie en el rincón cuando lleguemos. Si no hay nadie, todo será más fácil, los que se asomen al rincón y nos pillen se irán violentados, quizás incluso llamen a un guarda y nos expulsen del jardín, como a

Adán y Eva. Ojalá. Luego iremos caminando a Casa Toni, nos comeremos una gloriosa oreja de cerdo y unos torreznos, porque el lujo se disfruta siempre más cuando hay contraste con lo bajuno. De ahí, ya sin fuerzas, volveremos en taxi hasta el hotel y no saldremos más de la habitación. Nos daremos un baño largo con agua casi ardiendo, los dos juntos en la bañera, porque pediré una habitación con la bañera grande y con burbujas. Allí podremos hablar todo lo que haga falta hablar, nos encerraremos ahí, no nos vestiremos hasta el domingo, y trataremos de encontrar la postura imposible que nos permita dormirnos abrazados sin que se nos duerman las extremidades por falta de riego. Luego el domingo compraremos churros e iremos a primera hora a casa, para llegar a desayunar con nuestros hijos, María se irá en cuanto lleguemos, nos sentaremos en la cocina y les miraremos y nos alegraremos tanto de ser cinco, de haber creado esta familia, y tras el desayuno nos pasaremos la mañana tirados leyendo periódicos y pediremos hamburguesas, y después veremos todos juntos una peli, dormiremos una larga siesta y volveremos a nuestra vida normal, con el recuerdo de haber tenido un buen día.

Ahora te irás a la cama, y te quedará la duda de si cuando suene el telefonillo mañana a las nueve, todo esto que he imaginado ocurrirá, de si será María la que llegue a hacerse cargo de los niños para que toda esa fantasía sea posible, o de si seré yo, que llego agotado y con el sueño cambiado, dispuesto a pasarme el día entero tumbado en calzoncillos en cualquier lugar de la casa mientras tú te encargas de los niños. Porque según lo pienso en este momento no tiene sentido curar con una carísima dosis de hotel y champagne lo que no hemos sido capaces ni de diagnosticar, y no puedo evitar pensar que probablemente te haya incluso molestado la simple insinuación de que un día de despilfarro, borrachera y abandono de niños sea la mejor manera de abordar este vago malestar, tolerable como una china en el zapato, que solo duele de verdad algunos domingos por la tarde cuando uno se asoma a la semana que se viene encima y observa lo mucho que se parece a la que ya se ha ido para siempre, que solo angustia algunas mañanas en esa hora en que despertamos juntos, nos ignoramos mutuamente y comprobamos que estamos ya tan cerca de la nada, ¿no será mejor escoger la pena y empezar a quedarnos con lo perdido? Quizás lo más honesto es que no suene el telefonillo mañana y que ya no vuelva más que a llevarme a los niños a hacer algún plan y luego a devolverlos.

Como te venía diciendo no aspiro a arreglar nada, no creo que haya nada que pueda arreglarse, solo aspiro a pasar un buen día de vez en cuando, no pido más que eso, eso me basta. Uno salvaje y manirroto, como aquel con el que he fantaseado en el Orfila, o uno barato, inesperado, espontáneo, como el de Tierra de Campos, que nazca inopinadamente, como nace a veces una flor en la grieta de un muro de piedra. Quizás hubiera sido incluso mejor que no te hubiera mandado esta carta, y que siguiera esperando ese día bueno, sin cargar en ti la responsabilidad de que inventes ese día conmigo, que sospecho que es algo que solo puede conducir a la frustración.

Quizás vuelva y seas tú la que no estés, la que tengas algo que decirme que yo aún ni sospeche, porque es muy probable que lo que realmente ocurra es que yo te desconozca, que ni siquiera sepa lo que pasa dentro de ti, que no sea capaz de entender tu deseo, porque sin duda tú también debes de estar deseando algo.

Pero aquí nos quedamos con el suspense de saber qué va a pasar mañana, con qué tipo de día nos encontraremos y sabemos al menos que no será lo de siempre, que mañana por fin nos pasará algo.

Te quiero. Un beso.

Luis

«Concededme, benévolas, en pago de mi canto, la deseada prosperidad.»
Himno homérico a Deméter

Desde Libros del Asteroide queremos agradecerle el tiempo que ha dedicado a la lectura de *Los días perfectos*. Esperamos que el libro le haya gustado y le animamos a que, si así ha sido, lo recomiende a otro lector.

Al final de este volumen nos permitimos proponerle otros títulos de nuestra colección.

Queremos animarle también a que nos visite en www.librosdelasteroide.com y en nuestros perfiles de Facebook, Twitter e Instagram, donde encontrará información completa y detallada sobre todas nuestras publicaciones y podrá ponerse en contacto con nosotros para hacernos llegar sus opiniones y sugerencias.
Le esperamos.

❋

«Una *nouvelle* redonda y elegantemente escrita sobre lo que Charles Dickens podría llamar "el sólido fantasma de las relaciones pasadas".»
Sergio Vila-Sanjuán (Cultura/s - La Vanguardia)

«Me ha convencido y emocionado mucho (...) *Las despedidas* es una preciosa ficción que contiene una gran verdad.»
Juan Marqués (La Lectura / El Mundo)

O TROS TÍTULOS PUBLICADOS POR
L IBROS DEL A STEROIDE :

156 Adiós en azul, **John D. MacDonald**
157 La vuelta del torno, **Henry James**
158 Juegos reunidos, **Marcos Ordóñez**
159 El hermano del famoso Jack, **Barbara Trapido**
160 Viaje a la aldea del crimen, **Ramón J. Sender**
161 Departamento de especulaciones, **Jenny Offill**
162 Yo sé por qué canta el pájaro enjaulado, **Maya Angelou**
163 Qué pequeño es el mundo, **Martin Suter**
164 Muerte de un hombre feliz, **Giorgio Fontana**
165 Un hombre astuto, **Robertson Davies**
166 Cómo se hizo La guerra de los zombis, **Aleksandar Hemon**
167 Un amor que destruye ciudades, **Eileen Chang**
168 De noche, bajo el puente de piedra, **Leo Perutz**
169 Asamblea ordinaria, **Julio Fajardo Herrero**
170 A contraluz, **Rachel Cusk**
171 Años salvajes, **William Finnegan**
172 Pesadilla en rosa, **John D. MacDonald**
173 Morir en primavera, **Ralf Rothmann**
174 Una temporada en el purgatorio, **Dominick Dunne**
175 Felicidad familiar, **Laurie Colwin**
176 La uruguaya, **Pedro Mairal**
177 Yugoslavia, mi tierra, **Goran Vojnović**
178 Tiene que ser aquí, **Maggie O'Farrell**
179 El maestro del juicio final, **Leo Perutz**
180 Detrás del hielo, **Marcos Ordóñez**
181 El meteorólogo, **Olivier Rolin**
182 La chica de Kyushu, **Seicho Matsumoto**
183 La acusación, **Bandi**
184 El gran salto, **Jonathan Lee**
185 Duelo, **Eduardo Halfon**
186 Sylvia, **Leonard Michaels**
187 El corazón de los hombres, **Nickolas Butler**
188 Tres periodistas en la revolución de Asturias, **Manuel Chaves Nogales, José Díaz Fernández, Josep Pla**
189 Tránsito, **Rachel Cusk**
190 Al caer la luz, **Jay McInerney**
191 Por ley superior, **Giorgio Fontana**
192 Un debut en la vida, **Anita Brookner**
193 El tiempo regalado, **Andrea Köhler**
194 La señora Fletcher, **Tom Perrotta**
195 La catedral y el niño, **Eduardo Blanco Amor**
196 La primera mano que sostuvo la mía, **Maggie O'Farrell**
197 Las posesiones, **Llucia Ramis**
198 Una noche con Sabrina Love, **Pedro Mairal**
199 La novena hora, **Alice McDermott**
200 Luz de juventud, **Ralf Rothmann**
201 Stop-Time, **Frank Conroy**
202 Prestigio, **Rachel Cusk**

203 Operación Masacre, **Rodolfo Walsh**
204 Un fin de semana, **Peter Cameron**
205 Historias reales, **Helen Garner**
206 Comimos y bebimos. Notas sobre cocina y vida, **Ignacio Peyró**
207 La buena vida, **Jay McInerney**
208 Nada más real que un cuerpo, **Alexandria Marzano-Lesnevich**
209 Nuestras riquezas, **Kaouther Adimi**
210 El año del hambre, **Aki Ollikainen**
211 El sermón del fuego, **Jamie Quatro**
212 En la mitad de la vida, **Kieran Setiya**
213 Sigo aquí, **Maggie O'Farrell**
214 Claus y Lucas, **Agota Kristof**
215 Maniobras de evasión, **Pedro Mairal**
216 Rialto, 11, **Belén Rubiano**
217 Los sueños de Einstein, **Alan Lightman**
218 Mi madre era de Mariúpol, **Natascha Wodin**
219 Una mujer inoportuna, **Dominick Dunne**
220 No cerramos en agosto, **Eduard Palomares**
221 El final del affaire, **Graham Greene**
222 El embalse 13, **Jon McGregor**
223 Frankenstein en Bagdad, **Ahmed Saadawi**
224 El boxeador polaco, **Eduardo Halfon**
225 Los naufragios del corazón, **Benoîte Groult**
226 Crac, **Jean Rolin**
227 Unas vacaciones en invierno, **Bernard MacLaverty**
228 Teoría de la gravedad, **Leila Guerriero**
229 Incienso, **Eileen Chang**
230 Ríos, **Martin Michael Driessen**
231 Algo en lo que creer, **Nickolas Butler**
232 Ninguno de nosotros volverá, **Charlotte Delbo**
233 La última copa, **Daniel Schreiber**
234 A su imagen, **Jérôme Ferrari**
235 La gran fortuna, **Olivia Manning**
236 Todo en vano, **Walter Kempowski**
237 En otro país, **David Constantine**
238 Despojos, **Rachel Cusk**
239 El revés de la trama, **Graham Greene**
240 Alimentar a la bestia, **Al Alvarez**
241 Adiós fantasmas, **Nadia Terranova**
242 Hombres en mi situación, **Per Petterson**
243 Ya sentarás cabeza, **Ignacio Peyró**
244 El evangelio de las anguilas, **Patrik Svensson**
245 Clima, **Jenny Offill**
246 Vidas breves, **Anita Brookner**
247 Canción, **Eduardo Halfon**
248 Piedras en el bolsillo, **Kaouther Adimi**
249 Cuaderno de memorias coloniales, **Isabela Figueiredo**
250 Hamnet, **Maggie O'Farrell**
251 Salvatierra, **Pedro Mairal**
252 Asombro y desencanto, **Jorge Bustos**
253 Días de luz y esplendor, **Jay McInerney**
254 Valle inquietante, **Anna Wiener**